TÍTERES DEL DESTINO

Carmina Gauchía

Títeres del destino © Carmina Gauchía 2014

Ilustrador de la cubierta: Abel Molins

ISBN: 978-84-617-0467-5

Agradecimientos

Me es necesario agradecer que este libro vea su nacimiento a:

Mi compañero sentimental, que ha aguantado mis ausencias, y en más de una ocasión una comida poco apropiada.

Mi hijo, a quien tras pedírselo a gritos, ha comprendido que su música me impedía pensar, cambiando de su "chumba chumba" a la música clásica, permitiéndome así relajar la mente.

A Pablo, mi gran amigo, a quien recurro online para encontrar aquella palabra exacta que no encuentro, y que siempre con buena disposición, intenta proporcionarme en el día a día.

A Abel Molins, por una ilustración magnifica para realizar la portada.

Prólogo.

Curiosamente este libro se ha construido desde el tejado, lo cierto, es que jamás había hecho algo igual, pero dejadme que os lo explique tal y como fue desde el principio.

Mientras escribía *Armel, aventuras de un bretón*, pedí a un gran y viejo amigo llamado Abel Molins, que me dibujase una portada acorde al contexto que sabía que iba a escribir. Pasó el tiempo, y de tanto en tanto le recordaba aquel encargo. En diferentes mensajes recuerdo haberle enviado por correo electrónico la sinopsis junto a todo el texto que tenía hasta el momento, volviendo a insistir sobre la portada. Nunca me dijo que no, es más, siempre decía que estaba en ello.

Recuerdo que ya llevaba cierto tiempo esperando, y ya sabéis el dicho: quien espera, desespera, y así fue, porque quería publicarlo en formato electrónico para Sant Jordi. Total, que lie a mi compañero sentimental por si aquella ansiada portada jamás llegaba, y buscando entre mis archivos de fotos encontré una preciosa, realizada desde Mont Sant Michel. El resto es bastante predecible, un retoque en ilustrator, otro en photoshop, y un título con cierto movimiento sinuoso para indicar la acción del giro de la vida de nuestro protagonista: Armel.

Días más tarde aquella esperada portada llegó a mis manos, el libro ya estaba publicado. Lo cierto es que me sentí contra la espada y la pared, podía retirar la portada que ya estaba publicada y que habíamos trabajado y sacado de la manga, pero en aquella portada no estaba reflejado tan solo mi trabajo, así que decidí no hacerlo en reconocimiento al esfuerzo de mi compañero. A consecuencia de mi decisión, Abel, cada cierto tiempo me preguntaba cuando estaría su portada en el lugar para el que había sido creada. Fue entonces cuando me decidí: escribiría un libro para esa portada, algo que jamás había hecho.

Este libro, *Títeres del destino*, fue saliendo poco a poco, inspirado por una portada de maravillosos colores que me seducían, con una fuerza en conjunto, que los personajes principales parecían estar ya definidos en mi mente al contemplar aquel dibujo de Abel.

Títeres del destino nos acerca a un tiempo futuro en un país ficticio, donde la humanidad no ha sabido ser tolerante, padeciendo una guerra civil, imperando el desastre, la muerte, y un marco de miseria que trata de ubicarnos en un espacio-tiempo de caos y pillaje, donde la ausencia de valores siembra el vandalismo de los grandes, siendo obviado y aceptado por todos para sobrevivir, una sociedad donde el soborno es utilizado de salvoconducto.

El personaje principal, *El Sombra*, para subsistir acepta un trabajo fuera de la legalidad: un simple encargo de rapto de tres mujeres. Tras cumplir su objetivo reaparecen sus valores, y debido a ello la muerte será su sombra. El asesino va eliminando todos los peones del ajedrez. Sin embargo, el Sombra encontrará ciertos aliados en quienes deberá confiar a ciegas.

Índice:

Capítulo 1: El regreso

Había estado durante más de diez años fuera de mi ciudad: Tetrasco, creyendo que mi vida podía cambiar. La situación en toda Aquiracia era insostenible. Las guerras entre los norteños y los sureños habían hecho demasiados estragos. El fruto de la necedad de los hombres había transformado Aquiracia en un lugar de hambre, dolor, muerte, y desolación.

Yo, aunque sureño, decidí tomar partido por el norte. Fui a la guerra pensando que el gobierno de mi país conseguiría un tratado justo para todos. Pero la realidad, tan absurda como disparatada, hizo que aquel enfrentamiento durase diez años.

Con mis botas raídas, llevaba siete días seguidos sin descanso alguno, caminaba para llegar a Tetrasco. A medida que me acercaba, me percataba de que, quizá el último rincón de Aquiracia, se había salvado por ser el lugar más remoto.

Estaba tan cerca que podía oler en el aire los efluvios de alcohol y sudor que aquella taberna desprendía. Durante demasiados

11

años había desaparecido de aquel barrio, de aquella ciudad, pero nunca de mi país, Aquiracia.

El crujido de las puertas de vaivén era música para mis oídos, ya me sentía en casa. Un repaso con la mirada me dio la información necesaria sobre los cambios, ¡vaya sorpresa!, ningún cambio. La taberna de los Muertos seguía siendo la misma de siempre: paredes revestidas de huesos a modo de estucado, varios timones colgados horizontalmente del techo con bombillas colgantes, una daga tunecina, anclas y cuerdas junto con machetes y cuchillos adornando de forma variopinta la pared, y un toque macabro: el ojo del tuerto en un bote de cristal flotando en salmuera.

El Tuerto seguía sirviendo la barra. Su aspecto desaliñado, medio calvo y encorvado, más su cavidad hueca del ojo derecho, le hacían parecer bastante desagradable, repugnaba a más de uno, aunque antes del incidente tampoco fuese un tipo agraciado. Le habían puesto ese apodo después de una reyerta, donde un maldito bastardo le sacó el ojo de cuajo. El Tuerto era un hombre de carácter tranquilo, sin ambiciones, cauto en los asuntos que no le incumbían, y sociable con los parroquianos de confianza. Nos conocíamos desde hacía muchos años, y aunque jamás habíamos sido amigos, nos respetábamos mutuamente.

— Tuerto, ponme un…

— Un whisky para el Sombra, como siempre.

— Veo que recuerdas mis gustos

— Han sido muchos años, Sombra.

— Dime ¿qué se ha cocido por estos lares?

— Mmm… veamos, si quieres un recuento de eventos deberías hablar con Darko.

— ¿Sigue por aquí ese cabrón?

— Por supuesto, y ahora es casi un Dios, tiene una red de búsqueda que ni la de un detective.

— Está bueno este brebaje, ponme otro.

— Mira, empieza por pagar, que no quiero problemas con Cratzzo.

— Tranquilo… toma, cóbrate este y cinco más.

Recordaba muchas cosas al estar en la vieja taberna, cuando de repente, Darko interrumpió mis pensamientos.

— ¡Hostias! pero si ha vuelto la sombra del local.

— Hombre Darko, ¿qué tal va todo?

— A ti te voy a contar, dime ¿de dónde has salido?

— De los infiernos.

— ¿Tienes trabajo? Estoy reclutando algunos hombres eficientes que sepan ser buenos perros de presa.

— Ya he oído que ahora lo tienes bien montado.

— Ni te lo imaginas, mis clientes me han hecho de oro. ¡Ponle tres más a mi cuenta, Tuerto!

— Perros de presa, mmm… ¿a quién hay que encontrar? ¿y cuánto gano?

— Pasa por mi despacho y hablamos. Toma, la dirección.

— Sí que te va bien si, hasta una oficina ¡qué nivel!

— Te espero mañana a las diez de la mañana, no te retrases.

Bien, todo parecía funcionar bien, acababa de llegar y ya tenía trabajo.

Darko era algo robusto, de estatura media, con una piel blanquecina y unos ojos pequeños y tristes de color oscuro. Su carácter vacilón y desenfadado solapaba en apariencia sus miedos y paranoias. Durante algún tiempo fuimos rivales, pues ambos competíamos por Tessa, mi amada muerta, hasta que ella un buen día, se decantó por mí.

Recordaba a Darko, su apodo le venía por una vieja película llamada Donnie Darko. La primera vez que vio esa película le impresionó mucho el conejo, y siempre hablaba de la misma película y de su mimetismo con el personaje. Había tenido muchos problemas psicológicos de pequeño, y ese apodo le quedaba como anillo al dedo.

En sí, la misma persona que le bautizó con ese apodo, me bautizó a mí con Sombra. Durante años había sido el guardaespaldas de Cratzzo "el escurridizo", su sombra. Muchos años más tarde quise salir de esa pocilga, y desaparecí. Cratzzo, en cuanto me viera, intentaría volver a reclutarme, estaba seguro de ello, y ya no deseaba ser su guardián. Demasiado arriesgado, mal pagado, y en fin, un ambiente dónde nada bueno se podía encontrar.

Cratzzo tenía una nariz aguileña, la piel color cobrizo y unos ojos verdes que brillaban hasta en la oscuridad, algo bajito, pero delgado. Se había ganado el apodo de escurridizo en sus años de juventud. Perteneciente a varias bandas poco recomendables que delinquían, él era el único a quien la suerte parecía sonreír, sus compañeros, uno tras otro, habían sentido el peso de la ley. Le conocí siendo un prestamista usurero despiadado, cobraba sus inversiones con creces. Yo era su guardián, me ocupaba de protegerle y dar cuentas de los que se retrasaban con los plazos, otros "gorilas" que tenía a sueldo, se ocupaban de presionar y apalear a los clientes deudores y eso iba a seguir siendo igual, aunque la moneda de cambio fuese diferente.

Me retiré después de beberme casi media botella de whisky, y saliendo ya del local me encontré con Cratzzo.

— ¡Tú! ¿tu aquí?

— Te veo bien.

— Sí, no va mal… ya sabes.

— La Taberna de los Muertos funciona, eso es mucho para estos tiempos.

— Me puse de parte del equipo ganador, no como tú.

— Ya… bueno.

— Te puedo ofrecer empleo… si buscas.

— No, gracias, esa vida ya quedó atrás, mañana iré a ver a Darko y veremos si coincidimos.

— ¿Estás seguro? él busca por encargo, y no trata muy bien a su personal, por eso todos le dejan.

— Ya veré... pero... en fin, nos veremos, cuídate.

— Si, tú también.

Las calles pedregosas cuesta arriba olían a rancio, pescado pasado y re cocinado. Mi pequeño sótano parecía haber sobrevivido a su violación por indeseables. Entré, y sin mirar demasiado la suciedad, me recosté en un camastro que desprendía un terrible olor a naftalina.

Dormí de un tirón, el cansancio de la caminata de siete días sin descanso, más los efectos del alcohol, habían conseguido que aquel olor no me interrumpiese el sueño.

La mañana siguiente desperté con tiempo, arreglando y ventilando como pude aquella estancia. Por suerte la ducha seguía funcionando. Aunque el agua fría caló mis huesos, también despejó mis ideas.

Salí con tiempo y me acerqué a mi cita con Darko. Sentado en una de esas sillas de director de cine, me recibió y me invitó a sentarme frente a él, en una vieja silla de cáñamo medio deshilachada. Me ofreció un café, que yo acepté encantado y sorprendido, pero la sorpresa se esfumó cuando probé aquel mejunje, descubriendo que no era café, sino malta.

— Pfff...¿pero qué porquería es esta?

— ¿Pues que va a ser? malta, ¡vamos hombre, no pensarías que se puede conseguir café!

— ¡Joder! al menos podrías haber puesto azúcar o leche.

— ¿Estás de broma no?, no seas ridículo, hay escasez de azúcar, y la leche cuesta conseguirla, los trueques son injustos, y el estraperlo…

— Bien, vayamos al grano, ¿qué tipo de perro de presa necesitas? ¿Y cuánto pagas por jornada?

— ¡Uy no! aquí no va así, se requieren resultados para cobrar. Como mucho puedo darte la comida del día mientras trabajas.

— ¡Joder Darko! que nos conocemos desde …

— Si Sombra, pero estamos en tiempos muy difíciles. No obstante, te prometo que si consigues resultados te pagaré muy bien.

— Debe ser un encargo bastante importante ¿quién es la presa, y quién lo encarga?

— Solo te diré las presas que debes traerme, mis contactos no te incumben.

— Bien, de acuerdo ¿a quién hay que cazar?

— Debes traerme a tres damiselas: a Wayra, la hija del empresario Wang, a Newén, la esposa del Lengua sellada, y a Nereida, la amante. En el puerto encontrarás mi barco: Uma. ¡Ah! y cuidadito con él, que es mi joya.

— Bien, me pondré manos a la obra. Mañana zarparé, encárgate de que tenga suficiente comida, yo me encargaré de la tripulación.

— Si quieres puedo reunir a varios hombres…

— No, mejor los escojo yo… recuerda que también fui segundo de abordo para Cratzzo.

Volví a la taberna de los Muertos, encontrándome a Sebastiano, un hombre poco común por allí: locuaz, afable, y trabajador. Antes del enfrentamiento entre el norte y el sur, se había dedicado al turismo de las islas. Aquello me venía como anillo al dedo. Decididamente, si conseguía convencerle de que se uniese a mí, me sería de gran utilidad. Sebastiano era delgado hasta el extremo, de una estatura notable, y su piel morena y sus ojos grises, junto con su cabello color grisáceo, le daba un toque elegante.

18

— ¡Sebastiano! me alegra ver que sigues bien.

— Hombre, ya ves, aquí intentando sobrevivir reparando desperfectos de casas.

— Eres una caja de sorpresas, incluso sabes de reparaciones.

— Bueno, menos mal, porque la pesca no se me da bien, y comer, necesito comer cada día. Aunque gracias a los cielos estoy con Circe, que es una gran cocinera.

— No tenía ni idea de vuestra unión… se me ocurre… en fin.

— ¡Suéltalo hombre! ¡Vamos, di!

— Que mañana voy a zarpar en un barco hacia las islas, y quien mejor que tú y Circe para acompañarme. No puedo pagaros, pero habrá comida suficiente para los tres.

— No sé Sombra… Circe no sé si querrá. Pero ¿para qué vas a las islas?

— Un encargo de Darko.

— Mmm… no sé… no es trigo limpio.

— ¿Y quién lo es hoy día?

— Mira, ahora saldremos de dudas… por ahí entra Circe.

Al verla entrar, me retiré de Sebastiano para que ambos pudieran tener un momento de intimidad y discutiesen mi oferta. Mientras Circe y Sebastiano hablaban, observé a Circe, en realidad no era una mujer agraciada, con unos cabellos quebradizos mal cortados, y unos diminutos ojos que se hundían en su rostro a causa de aquellas pronunciadas ojeras, que le daban aspecto de oso panda. Sin embargo su voluptuosidad era notable, sus caderas y su cintura llamaban la atención. Recordé entonces la primera vez que la vi, aun siendo una adolescente, objeto de burlas de muchachas y despreciada por los chicos. Ella no se amedrentaba, y hacía frente a cualquiera, peleona y orgullosa sabía defenderse con uñas y dientes, alzándose vencedora, y humillando por partida doble a quienes reincidían. Años más tarde, un familiar suyo la introdujo en una comunidad Adventista. De ahí, tras el tiempo, se fue desligando al conocer ciertas irregularidades que la defraudaron.

Sebastiano, autóctono del lugar y unos años más joven que yo, por el contrario siempre había sido el mismo desde que lo conocí: un tipo correcto, tranquilo, jovial, integro, concienzudo, sencillo, y honrado hasta la medula. Aquella unión entre Sebastiano y Circe no encajaba en mis archivos, pero por lo pronto parecían estar muy felices el uno con el otro. Sin darme cuenta ambos vinieron hacia mí, interrumpiendo mis pensamientos.

— Sombra, es muy posible que nos arrepintamos, pero con las sobras del Mádelen, se van a perder mis redondeadas formas.

— ¡Coño! ¿trabajas en el burdel?

— No, que va... ya quisieran ellos. Lua, una amiga mía, me trae los restos de la cocina, pero estoy harta de pasar hambre y no poder cocinar unas buenas viandas.

— Lua... no la recuerdo.

— Imposible, ella vino aquí cuando tú ya no estabas.

— No me vendría mal un buen revolcón... ¿qué tal es esa Lua?

— Ni lo sueñes Sombra, es casi intocable, solo los que tienen mucha pasta acceden a sus encantos.

— Bueno... mañana a las cinco de la madrugada os quiero ver en el puerto.

Mientras se alejaban, yo me ensimismé recordando aquel burdel con luces de feria, poca clase, e higiene pésima, que con embriagadores perfumes baratos, mezclados con aromas corporales, incitaban los instintos más bajos y primarios. Antaño hubiese dado mi techo por unas horas con "Waldesca carnes" -así la llamaban por su abundancia-, pero no era momento de seguir pensando en aquellos tiempos pasados. Ahora aquella vida había desaparecido para mí.

Tenía la certeza del paradero del Lengua sellada, un gran hombre de negocios sucios, que seguía imponiendo respeto entre la purria de la sociedad. Al parecer, se había ganado ese apodo por no delatar a un mafioso llamado Korinna, que había llevado asuntos de prostitución y estupefacientes.

De repente quedé abstraído por el aroma de una joven: era sencillo fresco y delicioso. Aquel perfume cítrico me recordaba mis años pasados con Tessa, mi dulce y bien amada Tessa. La había perdido para siempre por culpa de un enfrentamiento entre bandas de matones. Sus ojos grises, su piel blanquecina, y su acento norteño, eran embriagadores. Ella me había dado tanto, y que cruel fue el destino robándome al único ser que había amado. Tessa decía que yo era el último idealista, le gustaban mis manos delgadas de pianista, y mis cabellos castaños escarolados. Físicamente le parecía atractivo, le llamaba la atención mi piel rosada, y mis ojos grises le entusiasmaban. Solía recordarme que estaba demasiado delgado para mi estatura.

— ¡Ay mi Tessa! Si supieras cuanto te echo de menos.

El día que perdí a Tessa se acabó mi vida. Saber que estaba en cinta fue el momento más preciado de mi existencia, y aquel trágico destino me lo arrebató todo en un suspiro. Aun rememorando mi vida, fui interrumpido por un conocido de antaño, apodado Capitán Loco. Así le conocíamos todos, y nunca le dijo su propio nombre a nadie.

Capitán Loco había llegado de algún lugar del sur. Durante años se ganó la vida mediante el juego en las tabernas, hasta que un día un marinero le reconoció: había sido capitán de barco, osado, temerario, e intrépido en sus hazañas navieras. Nadie sabía a ciencia cierta porque había acabado sin barco, sin tripulación, y en aquel paraje donde aparte de nativos del lugar como yo, solo la escoria de otros lugares llegaba para quedarse. En sí, podríamos decir que era el cementerio de los elefantes: un lugar donde morir olvidado. Capitán Loco se había hecho popular por ser un hombre íntegro: apostaba fuerte, y cuando perdía pagaba sus deudas de juego. Su físico imponía y atemorizaba, un cuerpo muy robusto, nariz afilada, unicejo, y con greñas mal cortadas. Tenía mucha debilidad por el ron, pero cuando estaba sobrio demostraba una gran inteligencia y perspicacia.

— Te hacía muy lejos de este lugar.

— Te veo bien ¿sigues apostando?

— Claro, yo no cambio mis rutinas.

— Lástima, quizá te hubiese interesado ser capitán de nuevo.

— ¿Qué te traes entre manos?

— Mañana zarpo hacia las islas, y necesito un capitán ¿Te interesa?

— ¿Cuantos dinares?

— Depende, si hay éxito podré darte un diez por ciento de lo que me paguen, que según Darko, será mucho.

— No suelo trabajar sin saber mi salario.

— Lo sé, ni yo, pero en los tiempos que corren hay que adaptarse.

— No confío en Darko.

— Pero sí en mí.

— ¿Qué marineros tienes?

— Lo cierto es que aún… no.

— Me vendrá bien un poco de ejercicio. Me encargaré de la tripulación. Mañana a las cinco de la mañana en el muelle frente al barco. Inspeccionaré todo antes de zarpar.

Aquel acuerdo había sido la salvación para mí, tenía todo lo que necesitaba: un capitán que enrolaría a sus marineros, a los que se les daría de comer a diario; Sebastiano, un guía incalculable que tenía nociones de las cuevas y recovecos de acceso a las islas; y Circe, una magnifica cocinera, según Sebastiano. En primer lugar, si el mar era condescendiente con nosotros, nos dirigiríamos a Paprik, la mayor de todas las islas, territorio del Lengua sellada. Jamás había estado en Paprik, pero se rumoreaba que era una fortaleza. El Lengua sellada disponía de "gorilas" en cada posible acceso a la isla. Tenía la esperanza de que Sebastiano supiese por donde acceder sin ser vistos.

Me sentía aliviado, así que decidí pasear cerca del Mádelen. No sé porque me llevé una sorpresa, quizá esperaba que siguiese idéntico, pero después de diez largos años aquel lugar se había transformado. Las luces de feria habían desaparecido, pero seguía teniendo un aspecto decadente. Unos focos rojos enfocaban a unos carteles con las fotografías de las señoritas que allí ejercían, me fui paseando por la fachada para verlas de cerca.

Todas y cada una de ellas eran... cómo decirlo... casi anoréxicas. Los nombres de las chicas estaban impresos en la base. Me recorrí la fachada entera hasta que di con Lua, la gran estrella. Era una preciosidad, por no estar tan delgada como las demás. Sus rubios y ondulados cabellos recogidos, más sus ojos de tigresa, junto con esos labios carnosos, incitaban a poseerla. Mientras me la miraba, observé que en cada uno de aquellos carteles, se anunciaba el coste por hora de servicio. Volví a recorrer la fachada, esperando encontrar cual era la más módica. Encontré a una llamada Zora, que por hora cobraba setenta y cinco dinares. Aquella, siendo la más asequible, seguía siendo inaccesible para mis bolsillos. Me alejé del lugar con la cabeza gacha, y un tanto disgustado por no poder tener un ratito de compañía femenina.

Mientras caminaba sin rumbo fijo, mis pensamientos hicieron lo mismo, me preguntaba cuanto tiempo llevaría arreglar aquel desastre que había ocasionado la guerra civil. Mirase por donde mirase veía miseria, y teniendo en cuenta de que Tetrasco era una de las ciudades menos afectadas, me podía imaginar cómo estaba toda Aquiracia.

El ruido de un motor me sobresaltó, venía a gran velocidad, era una motocicleta. Se paró en seco frente a mí, pensé que iba a atropellarme, y a punto estuvo de darme un infarto. ¿Había luchado y salido ileso de una guerra para acabar atropellado por una moto? Una figura delgada con casco oscuro se apeó de la moto, y dirigiéndose hacia mí, se quitó por fin aquel armatoste de la cabeza.

25

¡Casi no podía creerlo! ¡Era Gea! mi joven cuñada.

— ¡Flaco!

— Me has dado un susto de muerte.

— Mmm… no te creo ¿Cuándo has llegado?

— Ayer. ! Sigues igual !

— No, no, no, hoy día soy una mujer casada.

— ¡Vaya! ¿Y quién es el pardillo al que has engañado?

— No seas malo cuñadito, me casé hace un año y medio con…
¡No te lo vas a creer!, apuesto a que te da un síncope cuando
te lo diga.

— Ya sé, aquel noviete tuyo, el primero que te soportó durante
meses.

— Pues no ¡listo!, me casé con Darko.

— ¿No lo dirás en serio?

— ¿Por qué no? es el único que se atrevió a pedir mi mano, y
que podía darme ciertos caprichos.

— Nunca te has parecido a Tessa ¡eres una insensata! De todas
formas, ayer le vi y no me comentó nada.

— Creo que no te considera mi cuñado político, será porque
nunca llegaste a casarte con Tessa.

— Da igual niña mal criada. Solo porque Tessa era tu hermana, me preocupa tu enlace.

— No te preocupes, Malcom, me sé cuidar bien.

Así, con esas últimas palabras, volvió a ponerse el casco y se marchó. Gea se había hecho una mujer, lo cierto es que si se parecía a su hermana, aunque solo físicamente. Me invadió un recuerdo de lo más lejano, cuando Tessa y Gea paseaban por el embarcadero. Tessa buscaba trabajo, y Gea iba a todas partes con ella. Gea admiraba a su hermana, y al mismo tiempo la envidiaba. Cuando Tessa murió, Gea se confesó conmigo al igual que yo con ella. Fuimos las únicas personas que supimos que Tessa estaba encinta.

Gea poseía una melena cobriza ondulada, de las de anuncio de champú. Su mirada profunda y sus labios finos, junto con su nariz respingona, le proporcionaban un aspecto de niña traviesa. Tras la muerte de su hermana, fue descubierta por un publicista durante el rodaje de un anuncio para una campaña contra la pesca ilegal del esturión. Fue modelo de pasarela durante dos años en la gran ciudad de Zircayan, pero su carrera se vio truncada por la guerra, y volvió a Tetrasco, dónde de alguna manera había vivido su infancia y su adolescencia, y el único lugar donde podía honrar a su hermana. Delgada como una sílfide, y con una estatura media, era muy deseable para cualquier hombre. Pero sus caprichos caros, y sus altas aspiraciones, anulaban a los hombres de buenas intenciones que se le acercaban.

No había tenido contacto con ella desde que partí hacia la guerra, ya que, aunque para mí era como mi hermana pequeña, nuestras maneras de entender la vida no tenían nada que ver.

No conseguía comprender cómo era posible que Darko no me hubiera comunicado su enlace, supuse que no cayó en la cuenta al verme.

Ya era bastante tarde, y para poder volver a dormir en aquella cochambrosa habitación, me iba a ser imprescindible un whisky bastante cargado. Regresé a la taberna de los muertos.

— Aquí tienes sombra.

— No, retira la botella, con uno sólo bastará.

— Tranquilo, que Darko me ha dicho que paga él.

— Aun así, mañana debo estar a las cinco en el puerto, y no puedo emborracharme.

— Bien, como quieras.

Mientras me tomaba con calma aquel somnífero etílico, un hombre desconocido me observaba desde el otro extremo de la barra. Parecía estar muy interesado en mí. Esquivaba mi mirada y se escondía en la sombra, justo cuando veía que yo miraba hacia él. Aquella situación me intrigaba, con cierto disimulo entablé conversación con el Tuerto sobre cosas triviales. Algo más tarde, y casi al oído, le pregunté al Tuerto por aquel personaje misterioso que parecía no perderse un movimiento mío.

— No se, su cara no me resulta familiar.

— Averigua quien es y desde cuando está en la ciudad

— Sin duda, ese es mi trabajo.

Me despedí del Tuerto con una palmada en su hombro, y salí del local para dirigirme a casa. Mientras caminaba, noté la presencia de alguien, estaba seguro de que me seguían. La noche era cerrada, la luna ausente, y la poca luz eléctrica no me ayudaba a descubrir si tan solo era una sensación mía, o alguien tenía interés en mí. Pensé que aquel hombre de la Taberna de los muertos debía ser quien se ocultaba tras la sombra de la noche. Cuando estaba a un paso de llegar a mi pocilga, un hombre me salió al paso.

— Hola Sombra

No reconocía su cara, pero su voz me era familiar. Llevaba una capucha que ocultaba su rostro, y su estatura y robustez era mayor a la mía.

— ¿Nos conocemos?

— No debes embarcar mañana.

— ¿Es una advertencia?

— No. Es un primer aviso.

— Ya veo ¿Podrías darme un buen motivo?

— ¿Te parece una razón seguir vivo?

— No tengo por costumbre anular mis planes.

— Lo sé, y es una muy mala noticia.

Como salidos del inframundo, dos hombres encapuchados me asaltaron sin más, enzarzándonos en una pelea dónde yo tenía las de perder. Vapulearon mi persona cual marioneta, propinándome puñetazos en el estómago y en las costillas. Doblegado hasta las entrañas caí al suelo. El encapuchado permanecía inmóvil mirando la escena, como si intentase adivinar si ya había sido suficiente. Entonces alzó la mano, y las patadas por todo mi cuerpo comenzaron, hasta que perdí el conocimiento saboreando mi propia sangre.

Debieron pasar varias horas hasta que recobré el sentido. Tambaleándome, intenté llegar a la Taberna de los Muertos, pero ya estaba cerrada. Con mucho esfuerzo me dirigí hacía el puerto, tenía la convicción de que allí, fuese la hora que fuese, siempre había cierta actividad. En el puerto, dos marineros al verme zigzaguear, empezaron a reírse. Supuse que pensaron que llevaba una cogorza aún mayor a la de ellos. Conseguí llegar hasta el antiguo faro, reparé en una luz tenue que procedía del mismo, dándome a pensar que quizá algún operario estaría haciendo mantenimiento y podría echarme una mano.

Antes de entrar, unas voces discutiendo me advirtieron de que allí se cocía algo:

— "Si Darko se hace con las ninfas, vamos a tener problemas".

— "Paprik es una fortaleza, el Lengua Sellada tiene todo controlado".

— "Si, pero nosotros sacamos una buena tajada cada mes, y si vulneran su imperio tendremos complicaciones".

— "Tranquilo, a ese perro del Sombra seguro que se le han quitado las ganas".

Ya había escuchado suficiente. No tenía ni idea de quienes eran ni para quien trabajaban, pero estaba claro que allí no iba a ser bien recibido, mas que para romperme más huesos. Me refugié directamente en el barco, no sabía qué hora era, pero tenía la seguridad de que allí podría descansar sin más contratiempos.

Entré en uno de los camarotes y me estiré en un camastro. Necesitaba descansar y pensar en lo que había sucedido ¿Qué interés tenían aquellos "gorilas" en deshacerse de mí? Me sentía demasiado cansado y roto, intentaba no dormirme, pero al final caí en un profundo sueño.

Me desperté sobresaltado al oír ciertos ruidos, pensé que ya debían ser las cinco de la mañana y que los tripulantes habían ido llegando. Con gran esfuerzo me levanté y llegué al puente de mando. Me encontré rodeado de fuego, justo al mismo tiempo que vi a un hombre saltar por la borda. Gracias al extintor pude sofocar el fuego antes de que causase daños irreparables. Comprendí que aquella misión iba a ser peligrosa, por el empeño que tenían algunos en poner fin a nuestra expedición.

Esperé a que fueran llegando el resto de los tripulantes. Aquel dolor en mis entrañas me hacía desvanecerme por completo, ahora, y solo ahora, pensaba en lo bien que me hubiese venido contar en la expedición con un buen médico. Soporté como un campeón, medio adormilado y vencido por el dolor, hasta que apareció un hombre con una malla en la cara y empezó a hablarme. Era la misma voz, sabía que lo reconocería tarde o temprano, pero me sentía demasiado débil incluso para poner atención a sus palabras.

— Sombra, debes creerme cuando te digo que no quiero ningún mal para ti, pero no debes seguir con este absurdo plan de Darko.

— ¿Quién eres?

— Lo sabrás a su debido tiempo.

Antes de que perdiese el conocimiento, el hombre de la malla me cogió de la barbilla, alzándola, mirándome a los ojos, observando mi estado. Aquel simple gesto hizo que recordase a mi padre. En mis ensueños recordé mi infancia, momentos inolvidables. Cuando tenía problemas con otros muchachos de la calle, solía aislarme en mi habitación, y mi padre siempre venía a consolarme. Se sentaba cerca de mi cama, donde yo me encogía en posición fetal, y él me hablaba del mundo, hasta que conseguía hacerme sonreír, entonces cogía mi barbilla y me la alzaba mirándome a los ojos diciéndome: "Por fin veo a mi Malcom". Era tan reconfortante que no desperté hasta que Capitán Loco, con un toque de cuerno, llegó anunciándose.

Capitán Loco en cuanto me vio, me cargó a modo de saco, llevándome a uno de los camarotes, donde me recostó en un camastro. Intenté mantener los ojos abiertos para observar alrededor. Capitán Loco sacó el whisky dándome a beber, y desapareciendo casi al instante, me volví a quedar solo. No sabía cuánto tiempo había transcurrido, pero cuando de nuevo recobré la consciencia, toda la tripulación estaba allí observándome, mientras un médico con apariencia estrafalaria, de cabellos canosos, barba de chivo, y pequeños ojos oscuros penetrantes, esparcía por todo mi cuerpo algún tipo de ungüento. Lo cierto es que pasaron pocos minutos y me sentía mucho mejor, los dolores casi habían cesado, pero cuando quise levantarme, aquel médico, mediante señas, me lo prohibió. Capitán Loco me presentó al matasanos: Dr. Almúz, advirtiéndome que era muy severo con los pacientes, y que debía hacerle caso en todo momento.

Antes de que pudiera articular palabra, Capitán Loco me comentó que el Dr. Almúz era mudo aunque no sordo, y que poseía unos conocimientos algo peculiares, ya que mezclaba la medicina tradicional con otras "alternativas", que era como decir "ilegales", al parecer adquiridas en lugares remotos. Capitán Loco prosiguió contándome la historia de aquel Doctor.

— Encontré a Almúz en una canoa en medio del mar, su cuerpo había estado durante días expuesto al sol, y sus heridas eran considerables. Cuando le recogimos, un grumete le reconoció y me explicó su procedencia. Almúz había estado durante años investigando nuevas técnicas indígenas de curaciones, y en una de las aldeas dónde aprendió brebajes contra fiebres y enfermedades mortales, le cortaron la lengua, asegurándose así de que jamás diría su procedencia. Fue un pacto, o un intercambio, para poder obtener conocimientos avanzados.

— Almúz viajó conmigo durante años. Aquello le permitía conocer nuevos parajes y adquirir mayores conocimientos, asimismo practicaba la medicina sin censuras, pero todo se paga, y a medida que su fama se extendió, las autoridades pusieron precio a su cabeza, al saber que traspasaba los límites establecidos. Hoy día es un proscrito, aunque tras esta guerra, creo que las autoridades deben tener otras cosas más importantes en las que pensar.

— Parece ser un tipo con un bagaje de vida bien ajetreada.

— Ahora descansa, duerme unas horas. Zarparemos más tarde, cuando veamos que estás bien.

— Gracias Capitán.

Me sumí en un profundo sueño dónde el protagonista era aquel doctor. Su aspecto regordete y bonachón, contrastaba con su mirada dura y desafiante. Como un aprendiz, me iba dejando seducir por las maravillas que me mostraba. En mis sueños recorrí selvas inexploradas junto a él, conociendo tribus, especies de pájaros, y animales variopintos, que por su colorido, su sencillez, y su tamaño, me parecían irreales. Un mundo mágico lleno de vida, de armonía y paz, traspasaba mis sentidos. Frutos y bayas de maravillosos olores y sabores me hacían vibrar, ansiando adentrarme en el conocimiento más recóndito de aquellos lugares, que sin duda alguna, seguían siendo vírgenes para la civilización.

Cuando desperté, el Dr. Almúz estaba junto a mí, mirando un reloj y sujetándome al mismo tiempo. Sentía una profunda calma, pero al parecer, según lo que me contó Capitán Loco, había sufrido fiebres, espasmos, y convulsiones muy fuertes, que habían extraído todo mal de mi interior. Lo cierto es que me sentía diferente, algo en mí me decía que lo experimentado en aquellos sueños no había sido tan irreal.

Circe apareció con un caldo caliente que olía a gloria bendita, pero el Dr. Almúz sacó de una pequeña bolsa unos polvos, esparciéndolos en él, antes de poder saborearlo. Circe quedó perpleja, y con un gran disgusto por alterar su caldo, empezó a refunfuñar en voz alta.

— Pero bueno! ¿Habrase visto? A mis comidas no hay que añadirles condimento alguno. Si lo que lleva son ingredientes naturales y sanos, cualquier paladar celebraría gustoso tan exquisito y sutil caldo.

Con indignación, se marchó del camarote llamando a gritos a Sebastiano. Antes de que Circe volviese al camarote arrastrando a Sebastiano para demostrarle aquella vileza, el caldo ya había sido paladeado por un servidor, con muchísimo gusto.

Capítulo 2: Mares revueltos

Me sentía en plena forma y listo para zarpar. Todo estaba revisado, Capitán Loco se había cuidado de cada detalle. El Dr. Almúz nos acompañaría en aquella expedición y prestaría sus servicios a cualquiera de nosotros, a cambio de poder obtener unas raíces sanadoras, que crecían con exclusividad en Paprik. Circe se sentía como una diosa en la cocina entre tanto manjar, ideando los menús y teniendo completa autoridad dentro de aquellos fogones y en la despensa. Sebastiano había recopilado para la ocasión cada uno de sus mapas hechos a mano por él mismo, que indicaban los recovecos escondidos de todas aquellas islas, y en cuanto a mí, me sentí rejuvenecido por aquella brisa salada.

Los marineros tenían buenos motivos para cumplir cada orden que Capitán Loco daba, todos sabían que tenía mal genio, y por poco más de un descuido era capaz de echarlos por la borda. Los barriles de ron y de whisky estaban a buen recaudo, y tan solo tenían la llave Circe y Capitán Loco.

El sol brillaba anunciándonos un día estupendo para emprender aquella aventura. Mientras los marineros levaban anclas y soltaban amarres, me quedé mirando el puerto. Allí en la lejanía, una persona observaba nuestra partida. Nada más zarpar, Circe empezó a mangonear en la cocina, parecía una niña con zapatos recién estrenados. Las latas de conserva las agrupaba por fechas, diferenciando las verduras de las carnes y pescados. El pan en biscotes depositados en una alacena, donde quedaba bien resguardado de la humedad, y las verduras frescas en una nevera junto a pescados, huevos y carnes. Para ese primer día, había decidido deleitarnos con una marmita, a base de patatas, cebolla, tomate, pimiento y pescado. Sebastiano no hacía más que ir de la cubierta a la cocina, y por el aroma que desprendía aquella cocina, yo dudaba de que fuese por amor.

Los marineros trabajaban gustosos esperando la hora de comer, mientras Capitán Loco y yo, comentábamos la ruta más apropiada a seguir.

El viento nos era favorable, el sol se escondía tras las nubes, y el mar estaba agitado. Hasta el mediodía todo eran caras de satisfacción y alegría, solo con pensar en darnos un festín estábamos más que pagados. La marmita resultó deliciosa, y para celebrarlo, el contramaestre propuso sacar ron de la bodega. A todos les pareció una idea excelente, entre tragos y tragos de ron, todo eran risas y alegría, hasta que uno de los marineros avistó un barco en la lejanía.

Aquel barco, a medida que nos íbamos acercando, resultaba siniestro: sin bandera, sin nombre y sin tripulación. Capitán Loco ordenó que virásemos para alejarnos de aquel navío, pues había tenido un presagio de que nada bueno nos auguraría, pero antes de que sus órdenes fuesen cumplidas, pudimos ver a una niña en cubierta. Todos intentamos hablar a la vez con ella, pero la muchacha no emitía sonido alguno. La pequeña tenía unos hermosos bucles de color dorado, vestía unas ropas arcaicas, medievales, con bordados y ribetes, parecía sacada de otra época. Calculé que debía tener aproximadamente unos diez años. A medida que nos veía más cerca, nos sonreía, y levantando su mano derecha empezó a saludarnos, al tiempo que una música muy suave de clavicordio procedente de aquel barco, empezó a sonar.

Capitán Loco volvió a insistir, instándonos a todos que dejásemos de mirarla, regañando a los marineros por no ejecutar sus órdenes. Todos parecíamos estar hipnotizados mirando a la cría, que con gracia, empezó a danzar alzando unas cintas de colores: rosa, azul, verde y violeta, como una animadora. Aquella imagen era dulce y atrayente, pero de repente, la música cesó y ella paró de danzar, lanzando las cintas a estribor, dejando que el viento jugase con ellas, alzándolas por los aires. Todos seguíamos mirando aquellas cintas, hasta que desaparecieron en la lejanía.

Volví a mirar hacia la cubierta del barco, pero la niña ya no estaba allí. Casi como salidos de un cuadro surrealista, cuatro pájaros negros de un tamaño desproporcionado, custodiaban la parte más alta del mástil y a la pequeña, que permanecía justo entre medio. Todos enmudecimos sin dejar de observar, cuando de nuevo, capitán Loco nos hizo volver a la realidad de un grito estruendoso, y tomando el timón él mismo, nos alejó de allí.

Al tiempo que esto ocurría, oímos la voz de la muchacha que gritaba con voz portentosa, "estáis todos muertos" a la vez que sus carcajadas resonaban en el viento. Todos sin excepción sentimos escalofríos por aquel suceso. A medida que nos alejábamos del navío, todos nos empezamos a calmar.

Capitán Loco expuso dos teorías sobre aquel suceso que acababa de acontecer: la primera, según él, podía haber sido una intoxicación conjunta, a lo que Circe, irritadísima creyendo que se refería a su comida, discutió acaloradamente con él. Después de quedar claro que no se refería con especial énfasis a la comida, Capitán Loco, expuso su segunda teoría: un espejismo, que aunque podía haber sido válida, a Circe le pareció una memez, rebatiéndolo, y dando por finalizadas aquellas ideas, para sentenciar que había sido un fantasma sin lugar a dudas. Yo me preguntaba si entre un espejismo y un fantasma había demasiada diferencia, pero preferí no intervenir.

Sebastiano se acercó a mí para comentarme las grutas secretas más seguras en Paprik, aunque sin duda estábamos muy lejos de esa isla. La primera isla que nos encontraríamos según los mapas de Sebastiano era Mosha, una pequeña isla que solo era visible durante seis meses del año, ya que los otros seis quedaba sumergida entre las aguas. Mosha poseía grandes yacimientos de coralinas escondidas en sus sedimentos salados.

Muchos aventureros habían intentado acceder a Mosha, pero las inclemencias del tiempo, más su desaparición del océano, desconcertaba y desalentaba a la gran mayoría. Pocos viajeros habían dado fe de que Mosha existía, entre ellos Sebastiano.

Nuestro avance era lento y pausado, la brisa demasiado suave nos mecía como a un recién nacido. Mientras capitán Loco, Sebastiano y yo, hablábamos de cosas triviales, Sarken, un marinero de origen tunecino, dio la alerta. Sarken era un marinero fornido, con una estatura descomunal y de tez curtida muy oscura, sus facciones bien marcadas le daban un aspecto sobrio y severo, que le hacía parecer mayor. Aunque no le conocía más que de vista, los rumores que corrían sobre él eran poco halagüeños, un tipo capaz de vender a su madre con tal de hacerse rico.

— Tierra a cincuenta millas a estribor.

— Es Mosha, no hay duda. Si nos dirigimos allí, según mis mapas será mucho más fácil encontrar Paprik.

— Está bien, virando hacia Mosha, ¡marineros, todos a sus puestos!

— Las coralinas valen muchos dinares, podríamos obtener beneficio si recolectamos algunas, y asimismo los marineros estarían pagados.

— Al menos ellos cobrarán seguro, Sombra. Espero que Darko cumpla contigo, y tú conmigo.

— No obstante, también nosotros deberíamos hacer recaudo.

Desde cubierta apenas se veía una mancha en la lejanía que indicaba que Mosha estaba en la superficie. Todos nos sentíamos excitados por obtener un pequeño botín de aquella isla tan rica. Cuando aquella mancha era más visible y nos deleitábamos con nuestra suerte, un marinero llamado Numar, dijo en voz alta:

"Mosha, piedra reluciente en las aguas, perdona nuestra osadía por querer tener una parte de ti. Así acababa la leyenda sobre Mosha"

— Cuéntanos esa leyenda

— Unos marineros habían logrado llegar hasta Mosha, llenando sus bolsillos de aquel preciado material, pero cuando marchaban con la mercancía, Mosha se sumergió de golpe, las aguas se volvieron rojas como el coral, levantando un oleaje inesperado, y una voz potente salida de la nada maldijo a todo el barco. El barco naufragó debido al estado del mar, el capitán cayó por la borda y murió en su intento por volver al barco, muchos marineros fueron golpeados entre el oleaje y los riscos sumergidos de Mosha, y tan solo se salvaron dos marineros que no se habían lucrado, y que al parecer solo habían tomado lo necesario, dando las gracias a la isla.

— Vaya, menuda historia ¿no sabes alguna que sea con final feliz?

— Reíros cuanto queráis, el problema radica en saber cuánto es lo justo.

— ¡Está bien, basta de cuentos! Cada hombre escogerá tres piezas de coral, ni más ni menos.

— Ya sabía yo que la superstición iba a causar desacuerdos.

Numar era un marinero de estatura y complexión media, bastante calmado y de poca ambición, apenas conservaba algunos cabellos oscuros muy cortos alrededor de la nuca, poseía un mentón afilado que cubría con una espesa y abundante barba de años. Su cuerpo, lleno de tatuajes, disimulaba multitud de cicatrices de un pasado de pirata. Capitán Loco, aunque era un hombre muy cabal, creía en supersticiones, y para evitar males mayores había dispuesto una cantidad que no era excesiva. A Numar le parecía una buena idea, pero Sarken, aunque no volvió a replicar, parecía estar urdiendo algún tipo de plan para evitar obedecer aquellos límites. El Dr. Almúz nos comunicó escribiendo en una tablilla que sentía un interés medicinal por el coral, algunos libros sobre las mayores curaciones de la historia mencionaban el polvo de coral junto al polvo de imán como elementos conductores para sanar enfermedades poco comunes.

Todos estábamos de acuerdo en obedecer a Capitán Loco, tres piezas no daban para enriquecerse, pero bastaban para saberse pagado. Nuestro barco se encontraba ya muy cerca de Mosha, aquella isla brillaba como un espejo, deslumbrándonos a todos, pues el sol la bañaba por completo. Se echaron suertes para saber quiénes serían los primeros afortunados en visitar la isla. A mí me había tocado el tercer viaje, junto con Arkan y Petrus. Arkan era el grumete: joven de pocas luces sin estudios con cara de panoli, esbelto de cuerpo y musculatura prominente, lucía un solo tatuaje en el pecho con forma de garra. Sus cabellos largos y despeinados recogidos en un moño, junto con sus rasgos andróginos me desconcertaban. Petrus, su padre, era un hombre concienzudo, de aspecto pulcro y pulido, con expresión severa, lucía barba recortada y cabellos fuertes y abundantes. Era todo un veterano en sus tareas, estaba a cargo de las velas, vergas y jarcias. Arriaron el bote salvavidas, y tres marineros junto con el Dr. Almúz fueron los primeros en emprender la marcha hacia aquella belleza cegadora. Sarken debería aguardar su turno a regañadientes para ir en último lugar junto al capitán, Numar, y Circe. Mientras esperábamos a que regresaran, nos preguntábamos si aquellas leyendas contadas por otros marineros eran un cuento para que nadie saqueara la isla. Circe sentía gran excitación por pisar tierra firme y dejarse seducir por el resplandor.

Mientras esperábamos que volvieran, decidimos hacer una timba de póker. Circe criticó esta decisión, ya que le parecía un juego muy poco apropiado. Sin embargo, entre todos la convencimos para que le diese una oportunidad al póker, y menos mal que no jugábamos dinares, ya que nos habría desplumado sin contemplaciones.

El bote volvió con los tres marineros más el doctor y doce piezas de coral, y otros tres salieron en busca de su botín. Mientras permanecíamos expectantes a que nuestros primeros exploradores empezasen a contarnos que habían visto en Mosha, Circe jugueteaba con aquellas doce piezas a modo de collar. Según contaron, la isla era cegadora, y aunque había cierta vegetación, en principio la acumulación salina arrasaba parte de la flora. Toda la superficie era una especie de mosaico de fósiles, en su mayoría de coral. No había sido difícil obtener piezas, ya que en la misma superficie se encontraban muchas algas enredadas con corales de diversos tamaños y colores. Sarken maldecía su suerte, pues al tocarle ir en último lugar, predecía que las piezas de mayor tamaño ya habrían sido escogidas, pero el Dr. Almúz, con su pizarra, escribió aleccionándonos a todos sobre el coral, explicándonos que su riqueza procedía en una parte por su color, siendo el rojo el más vistoso, y en segundo lugar el negro, y sobre todo que la piezas más valoradas eran las de mayor tamaño que no tenían defectos ni muescas. No obstante, el Dr. Almúz consiguió calmar la codicia de Sarken, cuando valoró a ojo una de las piezas medianas en unos dos mil dinares.

Un viento tórrido llegó al barco, era un viento del sur, nos azotaba las velas como si de un látigo se tratase, hasta el punto de que Capitán Loco pensó que al estar anclados, debían ser recogidas. El sol intenso cegaba nuestros ojos debido al resplandor del agua y a las sales coralinas de Mosha. El calor insoportable incitó a varios marineros a echarse por la borda para refrescarse en aquellas aguas cristalinas. Mientras jugueteaban refrescándose y nadando, un marinero apodado Chivo, por su apariencia de cara a una cabra junto con sus tatuajes de animales surrealistas, quedó atrapado entre las algas, o eso fue lo que se pensó en un primer instante, ya que Petrus se zambulló con su navaja y observó que lo que retenía a Chivo era un cabo deshilachado. Petrus, bastante sagaz, investigó sumergiéndose hasta llegar al final de la cuerda, donde contempló un ancla, y se dio cuenta de que era la nuestra. Aquello había tenido que ser un sabotaje, entre nosotros debía haber un traidor. Los dos marineros que estaban en el mar junto a Petrus y Chivo, eran los únicos que podían haber tenido acceso, por ello tanto Kareb como Hosco, iban a ser investigados muy de cerca, tanto por Capitán Loco como por mí.

Al regresar el bote con los tres marineros y sus respectivas piezas de coral, había llegado mi turno, junto con el grumete y Petrus. Sentía gran emoción por ver aquella isla de cerca, ver su resplandor y todos los tesoros que deseara mostrarme. Petrus remaba con fuerza, y Arkan y yo hacíamos lo que podíamos con el otro remo. Al alcanzar la orilla, las aguas eran rojizas como el coral, que sumergido en ellas, inducían al pecado de la avaricia. Debíamos entrecerrar los ojos por el resplandor de la sal, el reflejo de la nieve por el sol no cegaba tanto como Mosha. Petrus se adentró a explorar un poco la isla, con la idea de encontrar fruta en algún árbol, pero los pocos troncos de árboles que se tenían en pie, estaban llenos de algas tostadas por el sol. Yo había leído que algunas algas eran comestibles, pero no era momento de experimentos, y tampoco creía que Circe tuviese idea de cómo prepararlas. Arkan permaneció a mi lado observando los corales semienterrados que relucían como piedras preciosas, divisando una de gran tamaño. Con su navaja, escarbó alrededor de la sal petrificada, desenredándola de algas y matojos que parecían no estar dispuestos a regalarla. Aquella pieza de Arkan era magnifica, había demostrado una gran destreza para conseguir la pieza sin ningún rasguño. Mi opinión sobre aquel muchacho imberbe empezaba a modificarse. Algo más tarde, Petrus apareció con las manos vacías. Encogido de hombros, reconoció que no había alimento para el hombre en aquel lugar. Arkan, siguió sus pesquisas hasta encontrar las piezas más bellas de Mosha, no tan solo para él, también para su padre y para mí, un gesto que era de agradecer.

Volvimos al bote, de repente ante nosotros en las mismas orillas rojizas de Mosha, flotaban a nuestro alrededor muchas algas, y al intentar remar nos dimos cuenta de que las algas parecían estar imantadas a nuestros remos, era un tanto perturbador. Por suerte, Arkan y Petrus, sacaron sus más que útiles navajas y se deshicieron de aquel lastre que nos impedía avanzar.

Llegamos al barco y nos encontramos con un enfrentamiento entre Chivo y Hosco. Chivo tenía cogido a Hosco por el pescuezo, amenazándole con su navaja. Estaba a punto de intervenir, cuando Capitán Loco me lanzó una mirada, advirtiéndome que los dejara hacer. Capitán Loco permanecía a la espera de una conclusión: aquella pelea había sido urdida con anticipación por Capitán Loco, como la tela de una araña para atrapar a su presa. De repente desvié la mirada y me fijé en el rostro complacido de Kareb, Capitán Loco también lo observaba, mientras Kareb esperaba que Chivo acabase con la vida de Hosco. Aquello había sido suficiente, Hosco estaba aterrado y no podía confesar que había sido él quien había realizado el sabotaje, sobre todo porque era del todo inocente. La navaja estaba a un milímetro de la garganta de Hosco, cuando Capitán Loco paró aquel enfrentamiento. Capitán Loco, junto con Chivo, redujeron a Kareb, amordazándolo y atándole las manos a la espalda, él no lo vio venir, y por ello la resistencia fue mínima. Durante un par de horas interrogamos a Kareb, deseábamos saber quién estaba detrás. No conseguimos nada, Kareb parecía haber perdido la cordura, solo se carcajeaba diciendo:

— Vais a fracasar, son demasiados

Kareb, de tez morena, rondaba los treinta años. Era un hombre fuerte, de una estatura media, con cara de pocos amigos, ojos marrones algo saltones, y nariz prominente, todo ello enmarcado en un bigote y una barba espesa que no dejaba entrever sus labios, aunque cuando se reía, sus ennegrecidos y rotos dientes, asomaban de forma repulsiva. Kareb poseía un carácter demasiado pretencioso y engreído, era imposible intentar comunicarse con él, ya que nos despreciaba a todos los que le rodeábamos. Aquel último viaje hasta Mosha con Sarken, Circe, Numar y Capitán Loco, iba a ser para un tripulante más, de ida pero no de vuelta. Aquella sentencia era justa para los marinos, piratas y gentes que se abastecían del mar. Kareb no intentaba pedir piedad, lo supimos cuando le quitamos la mordaza para darle su última comida. Era un tipo muy desconcertante, su arrogancia y su prepotencia no tenía límites. Mientras el bote se alejaba, los que quedábamos en el barco permanecimos silenciosos, pues aunque la ley del mar era indiscutible, sabíamos con certeza que una muerte agónica le esperaba a Kareb. Sebastiano y yo nos acercamos a Hosco para saber cómo se encontraba. Hosco era un personaje peculiar, su físico era del montón, ojos pequeños, nariz recta, cara ovalada, cabellos greñudos, y un cuerpo pequeño y delgado. Su peculiaridad radicaba en lo que creíamos era su pasatiempo, para darnos cuenta al hablar con él, de que era un método para obtener ingresos extras: dedicaba una parte del día a almacenar medusas, dejando que se tostasen al sol en unas cubas. Cuando ya habían muerto, enfundaba sus manos en unos guantes quirúrgicos, y con un escarpelo, extraía el veneno de aquellos bichos. Al parecer, lo depositaba en unos tubos de ensayo, y cuando tenía una partida decente los enviaba a unos laboratorios farmacéuticos que investigaban sueros, creando vacunas. Hosco tenía cierta edad, y con seguridad había estado pensando en su futuro, por ello, aquellos ingresos le serían muy útiles.

Mientras Petrus junto con Chivo ponían a punto a Uma, nuestro barco; Sebastiano y yo mirábamos de nuevo el mapa. En algún lugar al oeste debíamos encontrar unos islotes orientativos llamados Riskania, que veríamos desde la lejanía, para ayudarnos a guiarnos junto con la brújula para llegar a Paprik. El bote volvió con los cuatro tripulantes, el destino de Kareb dependía de Mosha. Dejamos la costa de Mosha dándole gracias por su generosidad. Con el viento a favor nos dirigíamos al oeste, Circe estaba entusiasmada, había conseguido una pieza singular, un coral arco iris del que tan solo se había oído hablar en leyendas, posiblemente la pieza más valiosa hallada. Sarken parecía contento, sin embargo, intentó convencer en diversas ocasiones a Circe para que la intercambiase por dos de las suyas, pero Circe se había enamorado de aquella pieza de coral.

El sol inclemente seguía abrasador, pero la brisa nos daba un respiro para no desfallecer. Un oleaje inesperado hizo bailar a Uma como a una peonza descontrolada, todos creímos que íbamos a perecer, la fuerte subida de la marea se había debido a Mosha, que había decidido desaparecer y volverse a sumergir en aquellas aguas para abastecerse de su alimento y orgullo. Kareb había visto su final mucho más pronto de lo que ninguno de nosotros augurábamos. Con el mar más reposado seguíamos en busca de Riskania, la tarde nos mecía con un ocaso embriagador, hasta que por fin antes de que se ocultase el sol, Sarken, desde lo alto del palo mayor nos confirmó: "tierra". Llegamos a las costas antes del anochecer, pero permanecimos anclados hasta el día siguiente, para aprovechar la luz y el frescor matutino.

Cenamos un plato de arroz con verduras y sardinas en adobo, y para hacer más ligeros nuestros gaznates, un vasito de ron. Circe podía elaborar una simple comida transformándola en un manjar de dioses. Todos estábamos disfrutando y conversando de nuestras valiosas piezas coralinas, cuando Arkan, que estaba en cubierta, dio una voz de alarma:

— ¡Algo brilla en la oscuridad!

Todos nos levantamos y salimos a cubierta para ver que ocurría. Arkan señaló un punto de Riskania, donde con cierta regularidad un haz de luz parecía titilar como una señal morse. Sebastiano, que era un hombre mucho más erudito de lo que imaginaba, había empezado a escribir aquel mensaje que alguien en Riskania transmitía. Al cesar aquella luz, Sebastiano nos leyó aquel mensaje incompleto:

— … aguas podridas siguen al acecho.

Seguíamos en cubierta esperando interceptar la respuesta, pero supusimos que debía venir de Paprik, y nosotros desde el ángulo donde nos encontrábamos no conseguíamos ver más que la luna y aquella débil luz que ya había cesado procedente de Riskania. Aquella manera de comunicarse por morse era la única válida, pues la guerra también había arrasado con la tecnología, destruyendo en su totalidad las antenas. Aquello nos daba la pista de que estábamos siendo controlados, alguien nos seguía con sumo interés, más de lo que imaginaba. La pregunta era obvia: ¿quién podía tener tanto interés en nuestros pasos? Recordé de nuevo mi encuentro con aquel hombre encapuchado y sus esbirros, era evidente que debían ser ellos. No tenía idea de que pretendían, tras la guerra la mayoría de hombres se empleaban para las mafias con tal de subsistir. La policía había dejado que la anarquía campase a sus anchas, ya que les costaba más mantener a todos aquellos que delinquíamos, por tanto aquellos hombres trabajaban o bien para el Lengua Sellada o para el empresario Wang, pero si era así, ¿porque no nos habían liquidado? Aquel encapuchado había tenido dos buenas oportunidades de matarme. Comenté a Sebastiano la preocupación que se cernía en mi mente:

— ¿Estás completamente seguro de que podremos entrar sin ser vistos?

— Por supuesto, hay una cueva, justo bajo la parte norte, en la que no puede haber vigilancia, porque lo cubre un acantilado sobresaliente y es angosto y quebradizo, es demasiado inestable, por ello es imposible que ni tan siquiera nos divisen. Además, la cueva contiene varios pasadizos, uno de ellos lleva al interior de la casa del Lengua Sellada.

— ¿Cómo lo sabes?

— Verás, yo hacía de guía turístico antes de que el Lengua Sellada adquiriese la isla y la mansión. Lo que no sé, es si la entrada estará clausurada o vigilada, pero es la mejor opción que tenemos.

En definitiva era nuestra única opción, y más si ya estaban avisados de nuestras intenciones. Era necesario conseguir traspasar los escollos uno por uno, y de nada servía que empezase a ponerme nervioso. Decidí irme a dormir hasta mi turno de vigilancia. El primer turno lo realizaba Sarken, el segundo Petrus, y el tercero me tocaría a mí, por tanto era una buena idea descansar unas horas. Con la noche cerrada me desperté para hacer guardia, relevando a Petrus, el cual se esfumó hacia el camarote con suma rapidez. Aquella luna que horas antes brillaba dando esperanza, ahora aparecía tímida y sobria, ataviada de un turbio velo de tul grisáceo llamado nube. Todos dormían, excepto Chivo, que permanecía hipnotizado mirando Riskania. Chivo había tenido problemas muchos años atrás, cuando trabajaba de transportista para una empresa química. En una de las jornadas de trabajo, un compañero no acudió a su puesto, y él en su día de descanso realizó el transporte urgente. Aquella tarea que sabía de memoria se complicó por su falta de reflejos al adormilarse y chocar contra una valla de contención, provocando un gran incendio tóxico. Los daños físicos, psíquicos y morales le impidieron volver a hacer su vida regular. Tras años de intervenciones quirúrgicas y sesiones psicológicas, consiguió rehacer su vida cambiando de trabajo y alejándose de cualquier sustancia peligrosa. Sus tatuajes eran únicos, pues el fuego había deformado las figuras, así como su piel. Mientras miraba con suma placidez tierra firme, le pregunté:

— ¿No tienes sueño?

— ¿Sabías que Riskania fue un pequeño paraíso hace miles de años?

— No, no lo sabía…

— La naturaleza quiso jugar a los puzles y la desplazó separándola del continente. Cuentan las historias que había sido habitada por un pueblo con grandes ideas civilizadoras, se abastecían de la misma tierra y respetaban el medio. El pueblo se llamaba Nutis, lo leí en una revista científica, antes de la guerra.

— ¡Vaya! no tenía ni idea de que te interesaban esos temas.

— Es la primera vez que veo Riskania, he viajado durante años, pero siempre hacia el norte.

— Deberías dormir, mañana podrás apreciarla a la luz del día.

— ¿Pisaremos tierra?

— No, creo que no, tan solo nos sirve para orientarnos.

Chivo, después de un rato, decidió acostarse, mientras yo observaba la noche, el mar y… una nueva luz oscilante que procedía de Riskania, pero no me pareció justo despertar a Sebastiano, ya que cuando llegase a cubierta aquella luz habría terminado de emitir. Las horas pasaron en calma, escuchando el sonido de las olas que decidían bañar el acantilado de Riskania.

A la mañana siguiente, después de dormir unas dos horas, me despertó Capitán Loco. Hosco había terminado su guardia con gran revuelo, Uma había tenido contratiempos, el mar había estado bailando con nuestro barco llevándolo justo a las rocas de Riskania, el cascarón había salido perjudicado, y todos sin excepción tenían tareas que hacer, unos achicando el agua, y otros reparando aquel desaguisado que propiciaba nuestro estancamiento allí. Aquella noticia no era nada alentadora, aún quedaba mucho trayecto por recorrer. Cuando Uma fue reparada ya era tarde, el sol desaparecería en pocas horas, y no podríamos ver la ruta a seguir, por ello consensuamos establecer a Uma al este de Riskania, donde no había peligro de derrumbamientos ni de rocas escondidas en las aguas. Chivo quiso explorar Riskania, y varios de nosotros decidimos acompañarle. El Dr. Almúz sentía una intriga científica, Numar quería pisar tierra firme, y yo poder contemplar lo que un día fue un paraíso. Riskania no tenía nada que ver con Mosha, aquella tierra poseía grandes arboledas con frutos exóticos, que desconocíamos si eran comestibles. Aun así recogimos varios que nos parecieron inofensivos, sobre todo porque el Doctor Almúz podía analizarlos, nuestro Doctor era toda una institución. Encontramos bayas y raíces que según el doctor eran raras y escasas, así que hicimos acopio, recogiendo la mayor cantidad que pudimos. De aquella visita, quien más disfrutó y sacó provecho fue, desde todos los ángulos, el doctor

Almúz. Numar contemplaba sorprendido el fresco verdor que Riskania ofrecía, desde el barco parecía una tierra gris, árida, sin vida. Chivo, por el contrario, parecía estar absorto imaginando el pueblo que un día habitó aquel paraíso. Tras explorar un poco las playas, todos quedamos sorprendidos al encontrar un vertedero de maquinaria radioactiva, Aquello era sospechoso, alguien utilizaba aquel paraíso natural para deshacerse de los escombros. Al adentrarnos unos metros más, encontramos animales alterados por la radiación, algunos tenían cabezas desproporcionadas, otros tenían la piel modificada, y otros tenían aspecto monstruoso. Lo más seguro era que todo aquello que habíamos recogido estuviera contaminado, sin embargo para el Dr. Almúz era una buena oportunidad de estudio sin precedentes. Regresamos a Uma, la luna asomaba tímida anunciando una noche plácida. Tras cenar unos manjares exquisitos, impropios de esos tiempos, y acordar quienes harían la vigilancia, la gran mayoría nos fuimos a dormir.

Al amanecer, todos estábamos preparados para emprender rumbo a Paprik. Sebastiano nos anunció una ruta intransitada, aunque algo más larga, que nos facilitaría llegar a Paprik sin ser avistados. Por aquel itinerario nos encontraríamos con un peñón llamado Lugur, en el que se alzaba una fortaleza ya en desuso, que en la antigüedad sirvió de penitenciaría para deshacerse de los condenados insurrectos. Aquella ruta no era turística, según Sebastiano, pues aquella construcción ya en ruinas, había adquirido la fama de estar maldita. Las almas penitentes habían sido retenidas en aquel lugar inhóspito, poseídas por la ira, esperando saciar su hambre de justicia. El mar, que a escasos metros nos deleitaba con tonalidades turquesa, variable y coqueto, cambiaba su apariencia vistiéndose de gala, luciendo un azul cobalto electrizante e intenso. Favorecida por el viento, Uma, ligera como una sílfide, avanzaba con rapidez, ganando tiempo en nuestra empresa. Avistamos el peñón en la lejanía, sin embargo una bruma espesa envolvía la fortaleza, protegiendo al navegante, impidiendo contemplar aquel espectro terrorífico que, según Sebastiano, inducía a oscuros pensamientos. El peñón, desafiante, no se amedrentaba por las tormentas ni las corrientes submarinas que acechaban constantemente. Lugur era tenebroso, envuelto en sombras y mitos oscuros, perseguía dejar constancia del horror humano. Los acontecimientos ocurridos décadas atrás mostraban la mezquindad, la ausencia de humanidad de quienes gobernaban, al dejar morir de pestes, enfermedades, hambre y terror a los huéspedes de aquella fortaleza. No era de extrañar que se hubiesen creado leyendas de pavor en torno a Lugur. Mientras la rodeábamos para dirigirnos a Paprik, todos sentimos un escalofrío: las olas agitadas en su costa estaban hirviendo. Nos alejamos con suma rapidez de allí, siguiendo la ruta diseñada por Sebastiano. Al cabo de una hora pudimos divisar en la lejanía nuestro primer destino: Paprik.

Capítulo 3: Islas Fantasmagóricas

Desde lejos sabíamos que era imposible ser avistados por los hombres del Lengua Sellada. Teníamos el efecto sorpresa a nuestro favor, y eso me tranquilizaba. Cuando ya estábamos en sus costas, Sebastiano, junto a Capitán Loco, iba guiando al Uma hacia las cuevas de la isla, algunas de ellas medio sumergidas en el agua, por las que tan solo podríamos acceder con el bote, y otras algo más elevadas, a las que, para llegar, deberíamos hacer cierto tipo de escalada para poder explorarlas. El trabajo minucioso de Sebastiano, plasmado en sus planos, facilitaba mucho nuestra orientación, ahorrándonos tiempo y esfuerzo.

Varias cuevas se comunicaban entre sí, dándonos opción a escapar de un modo u otro. Para aquella primera exploración se apuntaba el Dr. Almúz, pues su objetivo medicinal era cívico e importante para los avances medicinales. No había tan solo una raíz o baya, pues en Paprik, según se decía, se daban muchas especies. Como verdaderos aventureros realizamos escalada libre, sin más que nuestras manos para adherirnos a las rocas. Cuando tanto el Dr

59

Almúz como Sebastiano y yo llegamos a alcanzar nuestro objetivo, encendimos nuestras linternas y nos adentramos en aquellas grutas. La humedad inundaba nuestras fosas nasales, mareando hasta el extremo. Líquenes y algas trataban de amoldarse a un nuevo hábitat, al quedar atrapadas en las grietas de las rocas, no llegando a ser arrastradas de nuevo con la subida de la marea. La cueva, en algunos tramos resultaba demasiado angosta, creando un espectáculo bastante claustrofóbico. Después de un largo trecho llegamos a una bifurcación, que según Sebastiano, que se guiaba por su mapa, debíamos recorrer el de la izquierda para llegar a la superficie. Seguimos a nuestro guía sin discusión, y a medio camino pudimos ver un paraíso para geólogos: aquella cueva se ampliaba en forma diáfana, creando una sala fantástica donde estalactitas y estalagmitas retorcidas con formas grotescas, nos trasladaban a otra época. Soluciones salinas brillaban en la oscuridad, como diamantes esperando ser pulidos, un pequeño riachuelo quedaba estancado sin encontrar la salida, pero en sus márgenes, conchas de colores creaban un mosaico colorido.

Seguimos a Sebastiano, que con voraces pasos de experto recorría el abrupto sendero de aquellas grutas húmedas y arcillosas. El reflejo de una linterna al frente nuestro, nos puso sobre aviso de que no estábamos solos. Ipso facto apagamos las nuestras para pasar inadvertidos. Esperamos en la oscuridad sin hacer ruido, hasta que dos gorilas del Lengua Sellada siguieron su camino dirigiéndose a otro túnel adyacente. El Dr Almúz seguía sorprendiéndome, en su poder tenía un spray paralizador que tan solo utilizaría en caso necesario, su pequeña mochila de explorador estaba llena de utensilios químicos muy peligrosos, para prevenir cualquier evento. Tras un recorrido de una media hora llegamos a la superficie, dejamos que el Dr. Almúz campase por los alrededores dentro de un perímetro limitado, para recoger sus preciadas raíces, mientras nosotros, durante unos minutos nos relajábamos disfrutando del sol. Cuando Almúz regresó con cara de satisfacción, supimos que el recreo se había acabado. Sebastiano volvió a sacar su mapa, indicándonos que debíamos entrar en otra cueva que nos llevaría a los sótanos de la fortaleza del Lengua Sellada. Sebastiano había estado allí mucho antes de que aquel lugar fuese propiedad de aquel elemento, él tenía la certeza de que no habrían reparado en el pasadizo, ni habrían clausurado la entrada. Yo no era tan optimista después de haber visto que los guardias hacían rondas en aquellos laberínticos corredores de túneles.

Después de varios kilómetros llegamos a la puerta de entrada. Una ranura en la misma piedra era la única pista de que aquel lugar aún no había sido sellado, aunque intentásemos abrirla, lo que nos podíamos encontrar al otro lado podía ser peligroso. La única ventaja que teníamos era que se abría hacía nosotros y no al revés. Nos vino al dedillo que nuestro Dr. Almúz fuese un personaje excéntrico con una mochila llena de utensilios. Una barra metálica que haría de palanca fue decisiva para conseguir traspasar aquella piedra encajada. Aún con ella en las manos, Almúz nos instruyó sobre aquella potencial arma que teníamos en las manos, era de una precisión absoluta para detectar cualquier contaminante de aguas. Fabricada con metal de una aleación casi desconocida, había sido elaborada por un grupo de químicos que, alertados por una posible guerra biológica, se habían puesto en marcha codo con codo para ayudar a la humanidad.

Aquel cilindro estaba tan helado que parecía quemar al sostenerlo. Unos guantes biotérmicos del Doctor hicieron posible su utilización. Aquella empresa no era fácil, alternamos nuestros esfuerzos pasándonos la palanca para conseguir desbloquear el pedrusco. Teníamos que ser precisos, no hacer excesivo ruido, y no dañarlo para no descubrir el pasadizo a los gorilas del Lengua Sellada. Tras pasarnos la palanca como una ruleta rusa, me tocó a mí el premio: cedió.

En su interior, un pequeño habitáculo parecido a un refugio minimalista apareció ante nosotros, al otro extremo una puerta de madera desgastada era, sin duda alguna, nuestra entrada a la mansión. Tanteamos la puerta con la certeza de que iba a estar cerrada, y así fue. Debíamos buscar una manera de abrirla sin destrozar el cerrojo, así que los tres echamos mano del surtido de cachivaches que Almúz llevaba consigo. Para nuestra sorpresa, el Doctor llevaba una especie de ganzúa, que según él, la había obtenido de la tribu katila, siendo una joya para los orzuelos y males de ojo. En sí, el doctor le concedía un valor sentimental por ser un regalo del gran hechicero de aquella tribu primitiva, a quienes había tenido el privilegio de conocer, aparte de su gran belleza artesanal, que con virtuoso esmero había sido forjada. Probamos con sigilo, y tan solo bastó una maniobra para que la puerta nos indicase con un clic su cambio de estado.

Pasamos a la estancia contigua, una bodega llena de barriles, algo caótica en su organización, donde botellas espirituosas se mezclaban con vinos añejos y burbujeantes. De nuevo nos encontrábamos en manos del destino. En aquella bodega permaneceríamos a la expectativa de tener una idea que nos iluminase. La puerta de acceso al resto de la casa no tenía cerradura ni pomo, estaba clausurada por fuera, seguramente con un travesaño, y tan solo podíamos esperar o volver lo andado y probar por otro recorrido. Casi no nos dio tiempo a escondernos cuando el ruido nos alertó de que alguien intentaba acceder a la bodega. Los tres corrimos a escondernos tras los barriles para no ser descubiertos.

La puerta se abrió, y una mujer de treinta y pocos, que hablaba con acento extranjero y con una voz dulce y melodiosa, se dirigía a los vinos tintos junto con una de sus sirvientas. Aquella ocasión era única: Newen, la esposa del Lengua Sellada, estaba a un paso de nosotros. Sebastiano me miró, preguntándose si pensaba actuar o dejaría escapar aquella ocasión tan propicia. Todo fue muy rápido, salí de mi escondite y tapé la boca a Newen con mi mano derecha, y con la izquierda inmovilicé sus brazos, Sebastiano hizo lo mismo que yo con la sirvienta, y el Dr. Almúz fue hacia la puerta y la obstruyó con su propio cuerpo para que nadie pudiera entrar. El problema era saber qué hacer con la sirvienta, si la dejábamos allí nos descubriría, pero tampoco podíamos llevarla con nosotros, al menos no entraba dentro de nuestros planes. Las dos mujeres estaban aterrorizadas, y no querían hacer peligrar sus vidas, por ello obedecerían sin rechistar a cualquier orden que recibiesen.

— Te destaparé la boca, pero no debes gritar, si lo haces te mataré, ¿entendido?

Con un gesto de cabeza asintió.

— ¿Eres Newen?

— Si, puedo darles dinero, si es lo que quieren.

— No, no es eso. Dile a tu criada que se calme.

— Nereida cálmate, si hacemos lo que nos dicen no nos harán daño.

— ¿Eres Nereida? Quítale la mano de la boca para que pueda contestar.

— Sí señor.

— Vaya, esto sí que no lo esperaba, ama y criada.

— Sebastiano, quédate con Newen, quiero hablar con Nereida a solas.

Me alejé de Sebastiano y Newen para hablar con Nereida, llegando al otro extremo de la bodega, y susurrando le pregunté:

— ¿Eres la amante de tu señor y criada de su esposa?

— Es complicado, soy su amante solo porque la señora me lo pidió.

— Muy extraño, pero ya me lo contarás. Por cierto ¿qué edad tienes?

— Veinticinco, señor.

— No me llames señor, tan solo Sombra. Bien, vamos.

Resultaba sospechoso, las dos damas habían aparecido en el lugar perfecto y justo a tiempo, aquello olía a rancio, jamás el destino me regalaba nada ¿Por qué iba a ser diferente ahora?

— Quiero saber la verdad, ¿qué coño hacéis aquí las dos juntas?

— Lo cierto Sr. …Sombra es que… nos dijeron que permaneciéramos juntas…

— Es evidente que tiene pinta de ser una encerrona en toda regla ¿eh, Sombra?

— …pero… hoy tenemos invitados… y la Señora suele encargarse de los vinos.

— ¿Es eso cierto, Newen?

— Si lo es. Tengo una comitiva a cenar, y suelo escoger los vinos que se sirven en mi mesa.

— ¿Invitados de su marido?

— La mayoría, sí.

— ¿negocios?

— En parte creo que sí.

— ¡Vaya! Pues creo que hoy van a quedar sedientos.

— ¿Qué quiere usted decir?... no pretenderá… ¿secuestrarnos?

— Newen, llámame Sombra.

Volvimos a los pasadizos con aquellas dos mujeres. Mientras caminaban delante de mí, no pude evitar fijarme en sus sinuosas curvas, eran dos preciosidades. Newen tenía una melena pelirroja y rizada, sus ojos de color miel, armonizando con su naricilla respingona, acabando con unos labios gruesos bien perfilados. Nereida sin embargo, era un bomboncito oscuro, su piel tostada resultaba exótica, tenía una melena lisa, de color castaño oscuro, ojos negros y labios finos, pero su cuerpo era de infarto. Ir con dos mujeres me hacía recordar esa esencia tan personal que tan solo la mujer emana. Sebastiano miraba nervioso los pasadizos, ya que al igual que yo, sospechaba que nuestra suerte era una encerrona. El doctor, sin embargo, parecía estar de lo más jovial al ver a dos mujeres tan bellas.

En todo el camino de regreso no vimos ni un solo "gorila", lo que resultaba sospechoso. Salimos a la superficie, y para sorpresa mía, todo estaba en calma. Sin parar más que un momento para que las ninfas respiraran, seguimos nuestra aventura y volvimos a la gruta. A medio camino, Newen disminuyó el paso ralentizándonos a todos en nuestra huida. Al parecer se había torcido el tobillo al caminar con zapatos poco adecuados para aquel terreno, así que la cogí en brazos, aunque ella forcejeó conmigo para que no lo hiciese. Conseguimos ver nuestra salida a lo lejos, el aire se filtraba, y un olor a mar intenso nos despejaba las pituitarias. Almúz, como de costumbre, tenía una sorpresa para nosotros, al llegar a la boca de la cueva sacó dos cuerdas con la brillante idea de sujetar a las mujeres en su descenso por aquel acantilado. El barco seguía esperando, y al vernos, Numar vino con el bote a recogernos. Por suerte la marea había subido, y nuestro descenso iba a ser menor y menos peligroso para las damas. Tanto Newen como Nereida llegaron al bote sin accidentes y secas. Numar y Almúz llevaron a nuestras invitadas hasta el Uma, volviendo Numar a por Sebastiano y a por mí.

Todos en el barco nos felicitaron, pero Capitán Loco, después de escuchar nuestra odisea también quedó escamado, receloso, y suspicaz. Demasiado sencillo, demasiado oportuno, y demasiado coincidente. El doctor Almúz, tras asistir el tobillo de Newen, la dejó reposando en un camarote, mientras yo hablaba con Nereida. Nereida parecía una persona timorata, introvertida y humilde, sus veinticinco años quedaban mermados al oírla hablar, era como una niña. Mi pensamiento corría como el viento, al recordar que aquella jovencita era amante de un cincuentón. Nereida parecía más relajada que Newen a pesar de todo. A la hora de almorzar, nos reunimos en el comedor. Newen, algo descansada y recuperada del tobillo, se comportaba de una manera arisca y reticente, tan solo con Circe y el

Dr. Almúz parecía mantener un acercamiento. Aquello no era ningún inconveniente para mí, pues no tenía especial interés en ella.

Durante las conversaciones triviales que manteníamos durante la comida, pude observar que Nereida parecía estar sometida a Newen, pues a cualquier observación de Newen, Nereida asentía convencida. En algún momento, casi al final de aquella sabrosa comida, Circe preguntó a Nereida:

— ¿Cómo conseguiste trabajar para Newen?

— Pues… es que… es algo complicado… Newen es mí…

— ¡Vamos, dilo!

Interrumpió Newen con acritud.

— Hermana.

Todos quedamos callados excepto Capitán Loco, que no pudo contener su interés.

— ¡Vaya, esto sí que es una sorpresa!

Mi mente no conseguía cuadrar cómo, teniendo parentesco, Newen había accedido a que su propia hermana fuese la amante de su marido. Parecía una idea retorcida y repugnante. Nereida se manifestaba como una persona frágil, a quien todo tipo de protección le fuera necesaria. No obstante, tras aquella revelación debía haber algo escondido, Newen era una mujer hecha y derecha, lista, preciosa, y con actitud, debía llevarse algo entre manos para querer a su hermana en el lecho con su marido.

Petrus, que estaba en cubierta junto a Chivo, divisó en la lejanía Albikarath, tierra de una sola leyenda que había sido objeto de temores entre marineros desde tiempos inmemoriales. La leyenda que había cruzado fronteras, contaba que aquella tierra adquirió su nombre al ser conquistada por un beduino sanguinario que huía de la justicia. Albikarath, que así se llamaba el beduino, raptó a bellas princesas de tierras lejanas, obligándolas a ser sus esclavas. Los regentes, indignados, ofrecían recompensas por su cabeza, y por recuperar a sus hijas. Así, muchos hombres se aventuraron al mar, pasando infortunios para lograr aquel objetivo que les proporcionaría riqueza y reconocimiento, aunque fuesen plebeyos. Muchos perecieron de peste negra en los mares, sin llegar al islote, y los que llegaron hubiesen querido sucumbir en las aguas tras la agonía que padecieron. Albikarath era un experto en dar muerte a sus enemigos de forma lenta y agónica, todo hombre que llegó a sus dominios queriendo ser un héroe, tuvo una sola oportunidad: unirse a él formando un nuevo ejército o morir. Daba la sensación de que la leyenda de Albikarath se repetía, aunque en esta ocasión los raptores éramos nosotros.

Los siglos pasaron, y un descendiente de aquella primera oleada de hombres, llamado Wang, creó su propio imperio, creando una ciudad amurallada conocida por comerciantes de especias y textiles. La riqueza exótica de los distintos géneros que sus mercaderes vendían, había causado una economía floreciente en Albikarath. Nereida y Arkan parecían hacer buenas migas, ambos próximos en edad, se complacían en conversaciones triviales propias de su generación, vigilados bajo la atenta mirada de Newen y Petrus. Newen seguía estando arisca e impertinente con Sebastiano y conmigo, pero al comprobar la relación entre Circe y Sebastiano, su odio se concentró en mí.

El atardecer me propició un encuentro fortuito con Newen. Pude darme cuenta de lo asustada que se sentía. Su coraza, tras una conversación intensa, se iba resquebrajando. Newen se había sacrificado durante años para conseguir complacer a su marido, a quien, tras mi lectura entre líneas, no quería, y tan solo accedió a ser su esposa por comprar su seguridad y la de su hermana. Por unos instantes me compadecí de su vida, creando una tregua entre ambos, pero lo cierto es que duró poco, ya que la orgullosa Newen no aceptaba la conmiseración. Abordé una conversación interesante con Nereida, y ella siendo mucho más indiscreta, dejó escapar varios datos que en vez de aclararme aquel triángulo amoroso, aún lo enredaron más. Al parecer, Newen, siendo muy joven había ambicionado una vida muy distinta a la de su madre, que siendo una mujer de clase media, se había dejado arrastrar por amor a continuas infidelidades por parte de su marido, malgastando por él todos sus bienes materiales, perdonando con asiduidad sus despilfarros, y arrastrando a Newen a continuos cambios de casa, perdiendo la posibilidad de una vida normalizada. Así, años más tarde, Newen se enteró de la existencia de su hermana, fruto de la infidelidad de su padre: la pequeña Nereida, quien con tan solo once años había quedado huérfana de madre, y que bajo la autoridad quedó confinada a un orfanato, ya que su padre jamás la reconoció. Newen, que por entonces tenía dieciocho años, se fue forjando una idea: se encargaría de Nereida en cuanto ésta tuviera su misma edad. Los dieciocho años de Nereida cumplidos, significaban ponerse a vagar por las calles mendigando, pues ningún futuro había sido labrado para ella.

Newen, con veinticinco años era astuta, se había filtrado en esferas sociales con pocas posibilidades de ser aceptada, por ello no desaprovechó su oportunidad al descubrir una nueva y emergente clase social, que al parecer era intocable por la policía: delincuentes de alto copete, que encubiertos, movían los hilos en todos los ámbitos. El Lengua Sellada casi doblaba en edad a Newen cuando la conoció. Newen era jovial, lista y ambiciosa, su alma de piedra quedaba soterrada bajo los más bellos encantos que un hombre pudiese desear. Newen pasó su vida sometida a los deseos de un hombre, que al comprender que jamás llegaría a ser amado, exigió variedad a cambio de su protección y riqueza, a lo que ella transigió, proporcionándole una nueva, fresca, y floreciente mujer: su propia hermana.

Nereida quedaba bajo la protección de su cuñado, siendo complaciente bajo las sabanas, y para no airear trapos sucios sobre su parentesco, ejercía sirviendo en la casa. Aquellas revelaciones no hacían más que confundirme ¿Tan materialista podía ser Newen? ¿Es que acaso jamás soñó con el amor? Aquellas preguntas quedaron pesarosas en mi mente.

La noche, bajo un manto espectacular de estrellas, apareció de improviso. Nuestros cuerpos cansados del día, reposaban adormecidos bajo los efectos del ron, alargando el letargo de ensoñación que el alcohol nos proporcionaba. Nereida marchó a dormir a regañadientes por orden de Newen, y ésta quedó esperando descubrir mis intenciones en cuanto a ella y su hermana.

— Una noche estupenda.

— En verdad, lo es ¿No estás cansada?

— Bueno… un poco, pero…

— ¿Estas preocupada?

— En realidad si. Necesito saber que quieres hacer con nosotras.

— Un intercambio. Eso es todo.

— ¿Quién paga por nosotras? De verdad que mi marido puede doblar la cifra por nos…

— No insistas Newen. Mira, seguro que tu marido te recuperará, no te va a pasar nada. Que duermas bien.

Me fui al camarote, en mi interior sabía que si seguía hablando con ella conseguiría ablandarme, sus ojos vidriosos y su cara angelical me envolvían, era superior a mis fuerzas. Cuando la contemplaba, deseaba perderme en sus ojos infinitos. Era tan fácil enamorarse de un ángel caído en desgracia, cómo de una inocente virtuosa. Me preparaba mentalmente, cuando Sebastiano me vino a buscar.

El Uma llegaría a la costa de Albikarath en pocos minutos, y debía escoger a un marinero que estuviera lo bastante sobrio para llevar a cabo nuestro cometido. Sebastiano y yo decidimos que Chivo era el más adecuado, no tan solo por no haber bebido, sino también por su fuerte musculatura, de la cual podríamos echar mano si era necesario. Por suerte para mí, Newen ya se había ido a su camarote cuando volví a cubierta. Chivo parecía no poder esperar el nuevo día, tenía la pinta de un boy scout, con su mochila llena de… ¡Dios sabe que! por si era necesario, y Sebastiano deseaba acostarse para emprender la aventura al día siguiente.

A la mañana siguiente el sol aparecía tímido, mi cuerpo perezoso deseaba seguir en postura horizontal, y mi mente, inquieta, seguía ocupada con Newen. Chivo poseía todo el entusiasmo que tanto a mí como a Sebastiano nos faltaba. Una ojeada hacia la costa me hizo observar su línea, menos abrupta que las anteriores. De tierra volcánica, atraía la atención por su color rojizo y negro, manteniendo formas redondeadas y sutiles. Me imaginé que debía ser similar a un paisaje lunar.

Tras un breve desayuno de pan negro confitado, y una dosis extra de aquel mejunje entre malta y café, estábamos dispuestos para la exploración de Albikarath. Nos adentramos por aquel desierto de dunas sin saber dónde encontraríamos aquella ciudad amurallada de la que tanto se oía hablar a sus frecuentes viajeros. Teníamos la suerte de poder entrar simulando ser mercaderes, con nuestro coral y las raíces sanadoras. Chivo tenía el aspecto adecuado para pasar como comerciante de especias, y yo intentaría entrar con las coralinas como un comerciante más. Las kilométricas dunas se extendían sin piedad, extenuando nuestro ánimo.

Por fin, cierta vegetación aislada nos transmitió un halo de esperanza, varios cactus que permanecían contemplativos en un valle desértico, nos indicaban que íbamos avanzando hacia nuestro objetivo.

Una imagen fantasmagórica aparecía en la lejanía, tan borrosa en sus aristas cómo los cromos lenticulares. Estaba seguro de que era Albikarath. A medida que nos acercábamos, impresionaba más su aspecto majestuoso. Labrada con infinidad de tonos en piedra volcánica, se erigía altiva, desafiante a las inclemencias del tiempo. Sus muros, férreos, hostiles, y protectores, clamaban la vulnerabilidad del ser humano.

Capítulo 4: ¿Secuestro o liberación?

Tras pasar los pilares de entrada, accedimos a la gran explanada, donde mercaderes de lugares exóticos mostraban sus géneros para su posterior venta. El colorido de telares, aves de plumajes extravagantes, y piedras insólitas, junto al bullicio, olores a incienso y especias, nos transportaba a otra época, como si la guerra hubiese sido tan solo un mal sueño. Chivo, muy puesto en su interpretación, dispuso un retal, esparciendo nuestro coral sobre el, mientras Sebastiano y yo ofrecíamos bulbos, raíces, frutos, y bayas de Riskania, que el Dr. Almúz tras un breve examen había desechado. Las gentes se interesaban por su colorido y tamaño, aunque tan solo conseguimos vender un par de raíces. Chivo, sin embargo, tenía alma de comerciante, ya que consiguió vender los corales de menor tamaño por un precio desorbitado.

Sebastiano se quedó al cargo del tenderete mientras yo me acerqué al gran castillo, intentando descubrir un punto débil que nos permitiese entrar y salir sin ser vistos. Las antiguas cloacas de aquel asentamiento eran claves, desfasadas hasta el extremo, podían ser traspasadas sin demasiado ruido. Sin embargo, antes debía averiguar cuál era el aposento de Wayra. De nuevo, algo me llamó la atención, cuando mirando hacia los torreones divisé una cortina rosa, estaba seguro de que aquella alcoba era la de Wayra. Entusiasmado por mi descubrimiento, estaba a punto de compartirlo con Chivo y Sebastiano, cuando una damisela que destacaba por sus vestimentas, apareció en el mercado junto a su aya o institutriz, flanqueadas por un centinela del castillo. Aquella debía ser Wayra, pero el momento no era propicio para atacarla, a pleno día y con el mercado abarrotado podía ser un suicidio. Sin embargo, el destino, o las estrellas como se suele decir, favoreció nuestro cometido, un comerciante atrajo la atención de todas las gentes del mercado, disponiendo un corro donde el tumulto dejó a Wayra desprotegida de su guardián.

Al tiempo que aquel hombre ofrecía un producto milagroso contra todos los males, otro comerciante entró en polémica con él, llegando a las manos y creando un ambiente tenso, derivando en una revuelta donde las gentes, alertadas, creaban una buena cortina de humo a nuestro favor. Me encontré a las espaldas de Wayra, sin su institutriz, así que la arrastré hasta la entrada, que permanecía sin guardas, pues estos intentaban dispersar el tumulto. Sebastiano, que permanecía a unos metros, advirtió mi movimiento, avisando a Chivo. Sin cerciorarme de que la joven era Wayra, la secuestré, saliendo tan rápido como pude de aquellos muros. La joven dama se resistía intentando gritar para llamar la atención de su institutriz, pero conseguimos hacerla callar fuera de los muros, no sin antes preguntarle cuál era su nombre.

Robamos unos caballos que descansaban tranquilos tras los pilares de entrada, y nos dimos a la fuga. Wayra, cargada como un saco al lomo del caballo, se sentía humillada. Tras recorrer los desiertos, conseguimos alejarnos bastante de Albikarath, debíamos ser rápidos en llegar al mar, pues no tardarían en perseguirnos. Nuestra odisea se complicó cuando unos hombres salidos de la nada, con turbantes pintorescos, armados de machetes y cimitarras, nos rodearon blandiendo al aire sus armas. Todos quedamos lívidos por el pavor, pensando que nos ejecutarían allí mismo. Los cinco hombres, con rostros solemnes, eran intimidantes. Si venían a por Wayra, ya teníamos sentencia de muerte inmediata. Wayra no hacía más que gruñir, intentando desligarse de sus ataduras. Aquellos gestos nos incriminaban como secuestradores. Tras aquella exhibición, permanecimos estáticos unos segundos interminables, esperando nuestra muerte.

Aquellos momentos tensos finalizaron al tiempo que uno de ellos se acercó con su sable, ofreciéndolo por veinte dinares. Me hubiese reído tras aquel momento de pavor, aliviado al entender que tan solo eran comerciantes nómadas. Sin embargo, cuando estaba a punto de declinar aquella oferta, Chivo accedió a comprar una de las cimitarras, de hoja afilada de acero y empuñadura de marfil labrada. Los nómadas se alejaron de nosotros tras la transacción, y pudimos seguir nuestro viaje de huida. Wayra parecía una fierecilla luchadora, pues se revolvía en su intento por librarse de los nudos que la aprisionaban, hasta tal punto que llegué a creer que podía caer del caballo. Llegando a la costa conseguimos ver al Uma, sin embargo debíamos darnos prisa, pues tras nuestros pasos, a pocos kilómetros, en la lejanía, se podía ver una nube de arena provocada por un escuadrón de caballos, que con certeza intentaban darnos alcance. Abandonamos los caballos azuzándolos hacia el este, para intentar en lo posible despistar a nuestros perseguidores, aunque no teníamos mucha confianza en que aquella estratagema pudiera salirnos bien. Con la resistencia de Wayra, Chivo perdió la paciencia y cargó con ella como si fuese un saco, sus quejidos y lamentaciones eran ininteligibles, debido a la mordaza que sellaba su boca.

Llegamos al barco, y por fin pude observar con detalle a Wayra, tras escuchar una serie de insultos impropios de una damisela. Tras zarpar de aquella tierra con precipitación, Wayra quedó ensimismada desde la popa, observando como el único mundo conocido para ella quedaba tras de sí. Era una belleza exótica, sus ojos rasgados, su fino cutis, y su cabello castaño, armonizaban con su perfecta complexión, de una delicadeza femenina digna de una ninfa. Podía observar la fortaleza de espíritu de Wayra, resistiéndose a derramar ni una sola lágrima, mientras contemplaba con resignación e impotencia el verse privada de su mundo.

Circe atendió con cariño y esmero a Wayra, la más joven de nuestras rehenes. La intención de Circe no era otra que evitar su desmoronamiento, además de aportarle cierta confianza en referencia a su integridad física. Circe era una magnifica cocinera, pero en su interior era una psicóloga nata. Wayra permaneció callada, intentando no cooperar con el "enemigo", incluso a costa de su propia salud, ya que se negaba a comer. Esto duró dos días. Tras este período, aunque seguía sin querer sentarse a comer con el resto, Circe la sorprendió a media noche intentando desvalijar la alacena. Wayra pasaba muchas horas sola en su compartimento, hasta que una buena mañana, el oleaje fiero y hostil desafiaba al Uma a un juego desigual, dónde nuestro barco era una marioneta.

Wayra, asustada, buscó la protección de Circe como sustitutivo a su institutriz, abrazándola, esperando recibir cierto consuelo a su terror al mar. Circe la cuidó como una madre haría con su hija. Era conmovedor y extraño ver un comportamiento tan tierno, debido a esa imagen retenida en mi memoria de niña solitaria y carácter fuerte que no dejaba pasar ni una a nadie. Por fin, tras aquella marea comenzó a ser algo más sociable con todos, conectando en mayor medida con Nereida y Newen, que compartirían su mismo destino.

Volvíamos sin más amenazas que los elementos naturales, que en alguna ocasión provocaban nuestra movilización cooperativa para vencer los contratiempos. Wayra y Nereida empezaron a intimar, lo que nos proporcionó un trato mucho más fácil para saber su estado de ánimo. Intentamos evitar pasar por Paprik, lo que provocó una cierta confusión sobre nuestra ruta, dirigiéndonos a mar abierto, demasiado alejados de Tetrasco. Wayra sentía gran intriga, y vino sin tapujos a preguntar sobre sus dudas.

— Necesito saber cuándo pisaremos tierra firme.

— Si no nos hemos perdido, imagino que en un par de días, a lo sumo una semana.

— Peero… ¡eso es mucho!

— ¿Tienes miedo al mar?

— ¡Si!

— Ya he notado tus miedos y tus mareos. Tranquila, no dejaré que te pase nada malo.

— Es tranquilizador, viniendo de mi secuestrador

— Sí, pero solo es una transacción, y enseguida volverás a tu isla con tu padre.

— ¡No deseo volver!

— ¿…Cómo…?

— Bueno… allí soy tan prisionera cómo aquí.

— Wayra, solo sois un medio para ganar dinero fácil, una vez te entregue harán algún tipo de chantaje a tu protector, y volverás a …

— ¡No¡ ¡No quiero volver!

— Aún eres muy joven, y tu vida cambiará.

— Tú no conoces a mi padre.

— Sea como sea le debes un respeto.

— Jamás lo entenderías, da igual.

Wayra marchó a prisa, enfadada y defraudada, mi desconcierto ante su comportamiento me recordó mis años jóvenes, rebelándome ante cada decisión de mis mayores, creyendo que el mundo avanzaba por derroteros incomprensibles para aquellos que habían quedado colgados en un tiempo y un lugar. Avances tecnológicos que desbordaban la asimilación humana, progreso informático, guerras y hambruna, quedaban en una memoria ancestral que ya no tenía cabida en aquel nuevo orden. Cuanto me había equivocado en la vida, habíamos vuelto atrás por el egoísmo del ser humano. No había fórmula instantánea posible para madurar, solo el tiempo y la experiencia variaría su manera de pensar para comprender la postura de sus mayores. En mi primer juicio sobre Wayra, había pensado que era una joven vulnerable, nada más alejado de la realidad, Wayra no era una jovencita callada, tímida y apacible, sino astuta y pasional, con gran carácter y desparpajo, ingredientes explosivos muy a tener en cuenta para no subestimarla, evitando crearme una enemiga muy temible. Al poco, apareció Newen:

— ¿Estamos perdidos?

— ¡Claro que no!

— Pareces preocupado.

— Lo cierto es que no tengo ganas de dilatar este viaje. Cuanto antes lleguemos y os entregue, antes volveréis a vuestro hogar.

— Curiosa palabra.

— ¿Cuál?

— Hogar.

— Bueno, es donde residís, por tanto…

— Sí claro, pero… no es un hogar. Quizá te resulte extraño, pero es la primera vez en años que me siento libre.

— Me sorprende.

— A mí también.

— No te imagino sometida.

— ¿Sometida? No, pero los pactos no siempre son favorables.

— Tú escogiste tu vida.

— ¿Eso piensas? Ah… ya veo, Nereida y su particular versión de los hechos. Mira, lo cierto es que no me importa lo que pienses… pero te equivocas.

— A mí sí me importa.

— Seguro que sí. Debe ser muy importante para mi secuestrador saber si soy una víbora.

Desapareció a toda prisa, indignada. De nuevo su orgullo emergía, llenándola de cólera incontrolada. Pensé que quizá Nereida había fantaseado al relatarme su historia, o yo no había entendido aquella versión. No me había dado tiempo a disculparme, y de nuevo se había alzado un muro entre Newen y yo, creando en mi mente muchas más dudas sobre qué tipo de persona era Newen. Almúz me miraba desde cierta distancia, negando con la cabeza, reprobando mi actuación con Newen, o quizá mi interés en ella, no se.

Sebastiano vino a buscarme para que me reuniese con Capitán Loco en el puente de mando.

— Bien, estás aquí.

— ¿Qué ocurre?

— La radio ha empezado a emitir de manera secuencial, los mensajes son incompletos, pero hemos conseguido este fragmento, mira.

Me pasó un papel donde ponía: *Las palomitas capturadas tal y como estaba previsto.*

— ¡Demasiado fácil! Sabía que todo resultaba demasiado fácil. Todo esto parece una trampa, Sombra.

— Lo sé, Sebastiano. Da igual, seguiremos el plan, cuando lleguemos las entregaremos a Darko y cobraremos lo que corresponda.

— Pero ese mensaje… ¿de quién proviene?

— Imagino que de los enemigos del Lengua Sellada.

— Caballeros… permitan que les ponga en antecedentes, lo urgente es determinar nuestro rumbo.

— ¿Es que nos hemos perdido?

— No lo creo, pero hay ciertas dudas, si seguimos hacia el noroeste o hacia el norte.

— ¡Genial! ¡Es lo que nos faltaba!

— Las corrientes de estos mares nos han arrastrado, pero hemos observado que no siempre ha sido en la misma dirección. Habrá que tomar una determinación.

— Sebastiano piensa que hacia el norte, y yo creo que al noroeste. Necesitamos que decidas, Sombra.

— No tengo ni idea, deberíais preguntárselo a Petrus, es el más experimentado.

Ambos coincidieron conmigo. Fui a buscar a Petrus para desentramar aquel dilema. Petrus se sintió halagado de que se contase con su criterio y su experiencia, y decidió apostar por Capitán Loco, escogiendo el noroeste. Nuestro rumbo fue corregido en el Uma, esperando poder ver Tetrasco al cabo de unos días. En la comida, las tres damas parecían estar urdiendo alguna cosa a nuestras espaldas, ya que sus miradas y sus risitas ahogadas denotaban una complicidad secreta. Las tres ninfas mantenían una conversación enigmática, mientras el resto intentábamos comprender su contenido entre líneas.

— ¿Así que el pajarito salió de su jaula?

— Mmm bueno, hay una posibilidad, pero quedan muchos barrotes por evitar.

— Bueno, bueno que no se emocione, todavía es joven.

— También tú pareces interesada en nuevas fronteras, así que no te quejes.

— Puede que sea solo un espejismo, por eso esperaré nuevos vientos.

— ¿Y tú Wayra?

— Mi vida corre por un destino impredecible, seré la guardiana de un tesoro, que con el paso del tiempo brillará por sí mismo.

— ¿Quizá puedas encontrar la esencia de nuevo?

— No creo, no puedo volver la mirada atrás. Hay mucho en juego. Pero se me da una oportunidad que hace un mes era inviable, y estoy contenta por ello.

Estaba cansado de no entender ni una sola frase de aquel código que ellas parecían dominar a la perfección, así que le pregunté a Circe:

— Circe ¿tu que eres mujer entiendes algo?

— No Sombra, ya sabes que yo soy clara como el agua, y estas frases encriptadas no son mi especialidad.

— ¡Bien chicas! ¿No queréis compartir para que nos riamos todos?

Hubo una contestación unánime y a coro por parte de las tres, que nos hizo reír a todos.

— ¡NO!

Aquello había quedado claro, las chicas habían creado un club restringido y peculiar que no admitía nuevos miembros.

En la lejanía, Sarken había divisado restos de un naufragio. A medida que nos acercábamos, pudimos apreciar cadáveres flotando. Aquella imagen era espeluznante y desagradable, así que decidimos delimitar la libertad de las damas, así les podíamos evitar presenciar un paisaje siniestro. Jamás conseguía acostumbrarme a la muerte, en la guerra había visto cuerpos mutilados por doquier, niños buscando amparo bajo cuerpos agonizantes, terror en los rostros desencajados, y mucha penuria. La sangre vertida y el olor a putrefacción invadiendo el aire resultaban repulsivos, impidiendo la evasión de aquella realidad macabra.

Los restos del barco hundido resultaban peculiares, me pareció observar parte del casco quemado, y en otras partes la madera ametrallada era evidente. Los cadáveres eran recientes y la guerra había acabado, no había razón alguna para semejante atrocidad, o quizá sí. El único motivo que acudía a mi mente era la venganza. El tráfico de estupefacientes se hallaba en poder de varios mafiosos, y las luchas para abastecer el mercado y quedarse con las zonas más importantes, intentando abarcar mayor territorio, era, para ellos, un motivo más que lícito para impartir justicia. Llegamos a una zona conocida por su sobrenombre de Aguas Negras, la opacidad de aquellas aguas era increíble, parecía la superficie de un ónix negro: brillante y resbaladizo. Decían que aquellas aguas habían sido maldecidas por un brujo, que sintiéndose engañado por la belleza de una sirena que vivía en aquellas profundidades, quiso ocultar su belleza para siempre, oscureciendo el mar. Resultaba aterrador no conseguir ver los escollos ni las rocas, y la mayoría de barcos intentaban eludir la zona por el temor a encallar y naufragar. No tenía ni idea de cómo habíamos llegado allí, pero debíamos salir con prudencia antes de que ocurriese una desgracia. Salimos de Aguas Negras sin contratiempos, y por fin la voz de Numar nos anunció tierra firme.

Desde lejos no podíamos apreciar si llegábamos a Tetrasco o a un puerto próximo a él, pero ya estábamos a tan solo un paso de nuestro objetivo. Las damiselas, por un momento se alegraron tanto como nosotros de aquella noticia. Sin embargo, el saber que serían entregadas como intercambio, ensombreció aquel momento. A medida que nos aproximábamos, reconocíamos aquel puerto como el de Karat, que estaba situado a unos ciento cincuenta kilómetros al norte de Tetrasco. Cuando llegamos a puerto, tuvimos un encuentro con un marinero que conocía a Capitán Loco, y que estaba empleado como estibador. El marinero, llamado Roc, era fornido, con aspecto bonachón, y de una estatura de un metro noventa y cinco, mucho más alto que la media. Alertado al vernos allí con las tres damas, y debido a su amistad con Capitán Loco, decidió darnos cierta información, que había llegado a sus oídos por medio de un gorila de Darko.

— Sois unos insensatos, estas mujeres van a ser sacrificadas como venganza personal de Liberto, el mafioso que quedó fuera del negocio de las drogas por culpa del Lengua Sellada y del empresario Wang.

— Eso no es posible, teníamos la certeza de que se trataba de un chantaje.

— Los rumores han corrido más rápido que la pólvora, esas mujeres son carne de cañón en cuanto lleguen a manos de Darko.

— ¡Maldita sea, Sombra! Te dije que no confiaba en Darko.

— No las entregaré hasta que me asegure que no correrán riesgos. No soy un asesino.

— ¿Cómo vas a poder protegerlas? Sabe dónde vives.

— Creo que os voy a ayudar.

— No Roc, esto es cosa mía.

— Si, pero no negarás que necesitas ayuda hasta del diablo.

— ¿Qué propones?

— Sé de una cueva que está a medio camino entre Tetrasco y Karat. Es un lugar apartado, muy discreto y muy seguro. Allí podrán descansar resguardadas.

Capitán Loco me hizo un gesto, asintiendo con la cabeza. Confiaba en Roc, y temía que si llevaba a las ninfas a Tetrasco, sus vidas fueran sesgadas. Debía hallar un lugar seguro. Bajo la confianza y el buen criterio de Capitán Loco, accedí a que me mostrase el camino esa misma tarde.

Emprendí camino con las damiselas y Roc. Capitán Loco pensó que era mucho más seguro que aquel refugio fuese desconocido para todo el resto, incluido él. El camino pedregoso, cuesta arriba, era difícil, pues la gravilla que se desprendía de la roca propiciaba resbalones, y había que considerar que estábamos a una altura importante. Nereida era la que parecía tener menos dificultades en la escalada libre, y Wayra, la que más, lo que me resultó extraño, pues pensé que quien daría espectáculo sería Newen. Wayra perdió el equilibrio, pero gracias a los rápidos reflejos de Nereida, no llegó a ser más que un susto, pues su mano la sujetó antes de que llegase a caer por aquella ladera.

Tras un largo camino, nos sentíamos exhaustos. Según Roc, estábamos a un kilómetro escaso de nuestro objetivo, pero decidimos descansar para poder reemprender la marcha con cierta vitalidad. Wayra, agotada y sedienta, agradeció poder normalizar sus constantes vitales. Nereida, humilde y servil, se ofrecía a Newen y a Wayra, masajeando sus espaldas y sus pies respectivamente. Newen tenía los cabellos despeinados y estaba sudada, pero nunca antes la había visto más bella. Tras tomar un tentempié, reunimos las suficientes fuerzas para emprender de nuevo el camino y llegar antes del atardecer. La caverna era espaciosa y resguardaba del viento, no había humedad, así que extendimos una manta y varias sábanas, que nos harían función tanto de día como de noche. Vaciamos las mochilas repletas de alimentos y utensilios de supervivencia. Roc ya había decidido volver a Karat esa misma tarde, diciéndonos que volvería al cabo de tres días con provisiones. Las chicas parecían asustadas, así que decidí quedarme esa noche con ellas.

El cielo estrellado nos avanzaba la hora para dejarnos secuestrar por Morfeo. Mientras las ninfas se preparaban para dormir, esperé fuera de la cueva para no incomodarlas. Observé que Nereida era la más pudorosa, pues sin cambiarse de ropa, se recostó dejándose vencer por el sueño. Estaba abstraído y seducido por una enorme y amarillenta luna llena, cuando Newen apareció de improviso, sentándose en una roca junto a mí.

— ¿Crees que corremos peligro?

— No, ¿por qué lo preguntas?

— Bueno, es evidente que nos ocultas.

— Sí, más por precaución que por otra cosa.

— Ya me imagino que no querrás una orgía

— No estés tan segura.

— En serio, gracias por quedarte esta noche. Sé que quieres terminar con tus asuntos, pero aunque no te lo hemos pedido, has intuido que…

— Tranquila, sois mis chicas, y mi responsabilidad. Mañana por la mañana haremos una excursión hasta el rio. Allí os podréis bañar. Prometo comportarme como un caballero.

— No tengo duda de ello. Dime ¿nos hubieras secuestrado si hubieras sabido…

— Claro que no. O sí, pero para hacer un harén particular.

— ¿Será la luna la que te hace ser gracioso?

— Perdona, lo cierto es que si Roc tiene razón, no sé cómo voy a protegeros.

— A ti también te engañaron. Además, siempre has sido correcto con nosotras. No te sientas culpable.

— ¿Crees que tu marido os estará buscando?

— Es posible, aunque …

— Ya, es un hombre muy ocupado. ¿Le amaste?

— Me enamoré de una idea equivocada, y una vez metida en la boca del lobo, no supe escapar

— ¿No supiste escapar, o te daba miedo dejar tu estatus?

— No, no fue así. Me había hecho una promesa, y fui consecuente.

— ¿No te diste cuenta de que obligaste a tu hermana a prostituirse?

— ¿Crees que hubiera acabado mejor si no llego a ocuparme de ella?

— No lo sé. Ni tú tampoco.

— Al menos no se ha muerto de hambre.

— Debes dejarla vivir su vida. No puedes tenerla sometida dentro de una burbuja.

— Lo sé. Es más, durante estos días he visto facetas suyas que no me esperaba.

— ¿No tienes sueño?

— Si, aunque me siento bien mirando el cielo.

— Sí, es precioso, pero debemos dormir ¿Vienes?

— Sí.

Me acurruqué medio sentado a la entrada de la cueva, pero Newen insistió que fuese a su lado, y Wayra, medio dormida, se sumó a la propuesta. Accedí sin discutir, ya era muy tarde. Sentía su cuerpo muy cerca del mío, Newen tenía un olor agradable, suave, parecido al de la madreselva. Intenté no mover mi cuerpo para no incomodarla, pero me costaba aceptar que aquel cuerpo tibio estaba tan próximo al mío. Mientras mi mente fantaseaba con la imagen de Newen, sucumbí en los brazos de Morfeo.

Capítulo 5: Confesiones y Venganza

Durante la noche mi mente voló junto a Tessa, ella me miraba sentada en el café dónde yo me había declarado, no habían velas ni violines, la luz del fluorescente dañaba cualquier momento de romanticismo, un aro de coco con grabados al fuego era mi ofrecimiento, y mi proposición de matrimonio, sin embargo ella no podía estar más bella, ni un ápice de su sonrisa ensombreció al ver aquel cutre anillo. Su mano se entrelazó con la mía, nada en aquel café podía romper nuestro momento, ni el ruido de la cafetera, ni el vocerío de la camarera que requería las bebidas de la mesa ocho, ni la señora de la mesa contigua que a grito pelado regañaba a su hijo por jugar con los espaguetis. Todo, incluso en aquella situación, parecía perfecto, porque Tessa era perfecta. Nuestros planes tan solo se limitaban a vivir el día a día, nuestro hijo crecería en el seno del amor, aun siendo pobres. Solo dos días antes me había enterado de que iba a ser padre, y aunque me molestaba no poder ofrecer a Tessa una vida cómoda y maravillosa, mis sueños más inalcanzables se habían cumplido: estar siempre junto a ella, siendo su marido y el padre de nuestro retoño.

En algún momento de mi sueño aquel bello recuerdo se transformó, alterándolo. Tessa cambió su semblante, mientras me decía que debía coger de nuevo las riendas de mi vida.

— *¿Por qué pierdes el tiempo? Sabes que yo ya no estoy entre los vivos.*

— *Pero estás aquí, en nuestro café, conmigo.*

— *Solo soy una ilusión, un recuerdo. Te amé y te seguiré amando, Malcom, pero sabes que ahora ya no me perteneces.*

— *Siempre te perteneceré.*

— *No, debes afrontar que tienes una nueva oportunidad de amar, y deseo que te agarres con fuerza a ese tren.*

— *¿A qué te refieres?*

— *Newen es la mujer a quien debes consagrarte.*

— *No te entiendo, ella es … tan solo es…*

— *Te has enamorado, y debes ser consecuente.*

— *Pero…*

— *Cuida de ella, amala con libertad, entrégale tu amor.*

— *Ella pertenece a otro…*

— *No, ella nunca ha pertenecido a nadie. Apuesta por ella.*

— *No deseo olvidarte.*

— *No lo harás. No te traiciones a ti mismo inmolando tu vida, si me amaste, dale tu amor. Yo soy solo un espectro, y debo marchar ya.*

— *No Tessa, no me dejes.*

Empapado en sudor, me desperté junto a Newen. Su cuerpo cálido y suave rozaba el mío. Despierto, la miraba descansar en paz. El silencio, tan solo interrumpido por un silbido irregular del viento, y la respiración algo dificultosa de Wayra, me hacían volver a la realidad: tenía un problema. Tres mujeres a quien debía proteger por haberme metido en sus vidas. ¿Podía dejar que corrieran su suerte al entregarlas a Darko? No, la respuesta era concluyente, yo no era un despiadado asesino. Mercenario sí, pero bajo mi propia moralidad, y si las entregaba sabiendo que iban a ser sacrificadas, nunca me lo perdonaría. Me incorporé sin hacer ruido y salí de la cueva, el aire fresco de la noche calmaría mi estado de nervios, eso esperaba. Miré al cielo, pensando en Tessa. Aquel sueño había sido abstracto, jamás en tantos años tras su muerte, había aparecido ante mí con conversaciones irreales. Mis sueños con Tessa siempre se basaban en hechos, nada que jamás no hubiéramos vivido. ¿Porque Tessa decía que debía amar a Newen? ¿Me estaba diciendo que me daba su consentimiento? ¿O quizá tan solo era una pobre excusa de mi inconsciente para reconocer que sentía algo por Newen? Desaparecido mi sudor con aquella brisa nocturna, sentí deseos de llorar. Intuí que no había llorado lo suficiente su muerte, y seguía echándola de menos. Regresé al interior de la cueva y me acurruqué como un niño junto a Newen, sintiendo su calidez. Mis lágrimas inundaron mis ojos, mientras volví a perder la consciencia.

Un amanecer nublado fue despertándonos a todos despacio, con calma, meciéndonos como una madre. Nos desperezábamos sin energía, como un disco de vinilo a dieciséis revoluciones en vez de a cuarenta y cinco. Tras vestirnos y dar un bocado para desayunar, estábamos listos para salir en busca del río. Según Roc, no se encontraba lejos de allí, y el mapa que nos había dibujado señalaba que debíamos pasar por una arboleda grande, situada al norte de la cueva. Una vez pasada ésta, escucharíamos su sonido. Wayra no se encontraba muy bien, pero tras vomitar el desayuno, decidió sobreponerse y acompañarnos. Entendía que las chicas necesitasen bañarse, acostumbradas a un nivel de vida muy diferente al resto de los mortales, la higiene para ellas era habitual en el día a día. Caminamos unos diez kilómetros atravesando la arboleda, un sinfín de pequeños sonidos provenientes de las aves nos amenizaban la caminata. Wayra fue la primera que escuchó la voz del río, dimos unos pasos y allí estaba, dándonos la bienvenida. Nereida entró con Wayra, mientras Newen vigilaba que no desviase mis ojos hacia aquel lugar. Mientras retozaban en el agua, Newen volvió a entablar conversación conmigo:

— ¿Preocupado de nuevo?

— No ¿Porque lo dices?

— Tienes un aspecto deplorable ¿Has pasado mala noche?

— No del todo.

— Vamos, te he oído. Te has levantado, y cuando has regresado, llorabas.

— No estaba llorando. Algo se me metió en los ojos, por culpa del viento.

— Si, claro ¿Quién es ella?

— Más bien… quien fue ella.

— ¿Y bien?

— Fue la mujer más maravillosa que he conocido.

— ¿Qué ocurrió?

— Murió.

— Lo siento.

— Ella estaba embarazada, y murió accidentalmente por estar en el lugar equivocado.

— Es terrible ¿Era tu hijo?

— Si. Y ella era mi vida.

— No hay consuelo posible para una pérdida así.

— No, es cierto, no lo hay, pero no recaerán en mi conciencia más muertes por parte de mafiosos si puedo evitarlo.

— ¿La mató la mafia?

— Caminaba por la calle, y no advirtió que los tipos de aquel coche aparcado estaban en guardia, esperando a que los del clan rival salieran. Fue la única víctima inocente de aquella matanza. Pero aunque no pude hacer nada por ella, si puedo hacerlo por vosotras.

— ¿Te culpas de su muerte?

— Me culpo de no estar con ella.

Sentí un abrazo cálido de sosiego, Newen besó mí frente, al mismo tiempo que le invadía la tristeza por verme así. De repente todo tenía sentido, Tessa me había indicado el camino a seguir. Abrir mi corazón para ser descubierto por Newen, protegerlas para resarcir mi sentimiento de culpa. Aquel abrazo me proporcionaba paz por primera vez en muchos años. Deseaba seguir sintiendo aquel momento, que se prolongase hasta el infinito, pero un grito de Wayra, seguido de los gritos escandalosos de Nereida, hizo explotar mi burbuja.

— ¡Ahhh!

— ¡Venid, venid a ayudarme!

Ambos corrimos hacia el rio como alma que lleva el diablo.

— ¿Qué ocurre?

— Ayudadme a sacarla de aquí. Creo que ha sido una…

— ¿Una qué?

Newen me sacó de dudas al instante

— Una patada.

— ¿Una patada? ¿Le has dado una patada Nereida?

Newen interrumpió de nuevo.

— No, es que está embarazada.

— ¿Qué?

— Es una larga historia.

— ¿Pero porque no me lo habíais dicho?

— Lo siento, ella no quería decírselo a nadie excepto a…

— ¿A quién?

— Circe lo supo, en sí lo averiguó, por sus constantes mareos y vómitos, y Wayra le pidió que no lo contara.

Wayra estaba recuperándose del susto. El agua fría no había sido del agrado de su bebé en camino, y se lo había hecho saber a su manera.

— ¿Te encuentras mejor?

— Si… lo siento… me asusté.

— No pasa nada, pero… ¿porque diablos no me lo dijiste? ¿Quién es el padre? ¡Dios, que lio!

— El padre es un muchacho de familia humilde de Albikarath, y no tiene ni idea de esto.

— ¿Y tu padre?

— Mi padre está enfermo de codicia, hace unos meses me comunicó que había pactado mi matrimonio con un buen partido. No podía creerlo ¡era casi un cincuentón!, eso sí, con mucho dinero. Le acusé de egoísta por no contemplar ni mis sentimientos ni mi decisión, y me dijo que no tenía tiempo para eso, que hacía poco los médicos le habían pronosticado un corto plazo de vida. Por eso, si se enterase me mataría. No, más bien mataría al bebé y al muchacho.

— ¿Por eso no querías volver?

— ¿No te das cuenta? No puede dirigir mi vida, no deseo ser prisionera. Desde que me secuestraste, le has dado vida a mi bebé.

— Pero no estás en condiciones para estar en una cueva.

— Newen interrumpió mi conversación, mientras le ponía una rebeca a Wayra.

— No te preocupes, nosotras cuidaremos de ella. Además, estar embarazada no es estar enferma, y Wayra es una mujer fuerte.

— Aun así no me parece...

Nereida concluyó tajante:

— Tranquilo. Ella estará bien, y nosotras también.

Mientras Newen se bañaba, permanecí con Nereida y Wayra. Ambas parecían tener mucha complicidad entre ellas. De repente,, y sin previo aviso, ambas se abalanzaron sobre mí, quitándome la ropa. Primero la camiseta, para acabar por mis pantalones. Aquello, en tiempos remotos, hubiera sido un sueño, pensando que dos amazonas me asaltaban sexualmente, pero la intención de mis chicas era que me diese un baño. Casi no podía creer que no tuvieran pudor al verme desnudo, pero aún más extraño resultó ver que Newen me hacía gestos con las manos, invitándome a meterme en el rio junto a ella. En el agua pasó lo que era inevitable, nuestros cuerpos se empezaron a conocer, jugueteando como dos niños, para acabar estando frente a frente y fundirnos en un profundo beso. No tenía ni idea de si aquello significaba algo para ella, o quizá tan solo era un entretenimiento. Pero me sentí lleno, tenía ganas de reír, de seguir sus pasos, protegerla y cuidarla para el resto de mis días. Mis preciosas celestinas animaban desde lejos con vítores y silbidos, triunfantes de haber conseguido unirnos.

Salimos del rio, nos vestimos, y regresamos a la cueva. Dejé a mis ninfas allí, para partir hacia Tetrasco.

Mientras me alejaba de allí, pensaba en Newen. Era preciosa, y sabía a moras silvestres. Casi me daban ganas de regresar para volver a besar sus labios. Logré centrarme y seguir adelante, debía conseguir ver a Darko, y aclarar el destino de mi harén. No podía creer que Darko fuese un mal nacido, una cosa era comerciar con personas, extorsionar incluso, pero sacrificar la vida de unas damas era traspasar los límites. Además, si él sabía de buen principio a que iban a ser destinadas, debía haber sido sincero conmigo. Llegué a Tetrasco, sus calles seguían con aquel hedor a podredumbre, aciagos tiempos aquellos que nos tocaba vivir. La Taberna de los muertos acogía parroquianos con una sola condición: unas monedas en los bolsillos. El Tuerto se alegró de verme.

— Sombra, te invito a un whisky.

— ¿De tu bolsillo?

— Claro, eres un héroe.

— ¿A qué te refieres?

— Hace unas horas que ha corrido la voz de que ya habías llegado.

— Vaya, las palabras viajan demasiado rápido.

— Y según parece, vuelves muy bien acompañado.

— Yo no veo a nadie conmigo.

— ¡Bah… no bromees! todo el mundo sabe que has conseguido a las damas para Darko.

— ¿Por cierto, dónde está?

— Está al caer.

— ¿Y por aquí qué ha pasado en mi ausencia?

— Bueno ¿recuerdas a aquel tipo por el que preguntaste?

— Sí, el tipo del rincón oscuro.

— Ese mismo. Bueno, pues me enteré de que trabaja para la pasma, aunque no sé si es un detective o un mero poli.

— Interesante…

— Mira, ahí tienes a Darko.

Efectivamente, Darko acababa de entrar, con un sombrero de gánster, y dos matones de guardaespaldas.

— ¡Mi buen amigo! ¿Ha ido bien el viaje?

— Según se mire ¿A qué viene tu compañía?

— Verás, mis compradores se están impacientando, y solo por si acaso, llevo protección, ya ves, minucias de la vida.

— Ya, tus compradores, a eso quería llegar.

— ¿No pretenderás quedarte con todo el pastel sin contar conmigo? recuerda nuestro trato.

— Tranquilo no me he olvidado ¿Qué va a ser de ellas?

— Tal como te dije: son un encargo.

— Un encargo que acabará con sus vidas. No hay trato.

— Mira, yo no sé qué van a hacer con ellas, ni me interesa. Tú y yo vamos a tener mucho dinero, eso es lo único que importa.

— ¿De verdad crees que voy a entregar las vidas de tres mujeres? No me conoces en absoluto.

— Me estas poniendo nervioso, Sombra. Como broma no está mal, pero ya vale.

— Lo siento Darko, no te las voy a entregar.

— ¡Cabronazo de mierda! ¡más te vale que recapacites y me las entregues ya!

— ¿O si no que? ¿Tus matones van a romperme los huesos?

— Es una opción.

— Aun así no conseguirás a las ninfas.

— Vale Sombra, no nos pongamos nerviosos. Si lo que quieres es la mitad de la recaudación, te la daré.

— No, no has entendido nada. Yo no mato mujeres.

— ¿Qué quieres?

— Que me asegures que seguirán vivas ¿Puedes hacerlo?

— No, sabes muy bien que no.

— Pues se acabó la discusión.

Los matones de Darko estaban preparados, y solo bastó una señal de este para llevarme fuera y apalearme como a un saco de boxeo. El Tuerto intentó mediar por mí ante Darko, pero los gorilas ya habían empezado a descargar su ira contra mí.

Cuando Darko creyó que había recibido un buen adelanto sobre la seriedad del tema, se retiraron los tres, dejándome tirado en un charco de sangre. Por suerte, el Tuerto seguía siendo un hombre con sus propios principios, me recogió y me llevó a su casa. Recurrió a una vecina que había sido enfermera para curar mis heridas, y aunque mi cuerpo estaba malherido y magullado, parecía que mis huesos habían resistido el envite de aquellos dos bestias. Cuando traté de incorporarme, el Tuerto me detuvo con buenas palabras, y a la segunda vez que lo intenté me dio un puñetazo, dejándome anestesiado hasta la mañana siguiente.

Mientras dormía, yo era inconsciente de lo que acontecía en la ciudad de Tetrasco. Esa mañana fue el segundo día más doloroso de mi vida, al enterarme de la masacre, que cómo venganza personal, había ejecutado Darko. Los titulares de los pocos diarios gratuitos que se repartían, rezaban lo siguiente:

Asesinatos Dantescos

Hallan muertos en un contenedor portuario los cadáveres de un padre y su hijo. El hombre de cincuenta y cuatro años, conocido con el sobrenombre de Petrus (Pietro Milli), aparecía degollado, y su hijo, Arkan Milli, de veinticinco años, cómo en un terrorífico cuadro dantesco, había sido descuartizado. La policía, sin testigos, ha acordonado el lugar, tratando de encontrar pistas sobre la terrible matanza. Según fuentes policiales, se baraja la hipótesis de que estas muertes hayan sido debidas a una cruel venganza. Hay abiertas varias líneas de investigación, las mismas fuentes policiales no revelaron ningún dato sobre cualquier posible sospechoso.

Sentí un dolor agudo que traspasaba mi pecho, ahogando mi sistema respiratorio. El Tuerto también había conocido a Petrus y a su hijo. Aquella brutal matanza nos había dejado desolados.

— Ha sido Darko.

— No puede ser, Sombra.

— ¿Y quién si no? ¡Vamos! Lo de ayer solo fue un aperitivo.

— Está muy interesado en esas mujeres, pero no creo que haya sido capaz de llegar a ese…

— ¿Punto? Sí, si lo es. Nadie más que un loco podría haber hecho semejante atrocidad.

— Si ha sido él, estás en peligro.

— No me matará, sabe que soy el único que puede indicarle dónde se encuentran.

— ¿Qué vas a hacer?

— No lo sé. Si tuviera pruebas iría a la policía.

— No se te ocurra moverte de aquí. Debes descansar.

— Pero…

— Ni peros ni hostias.

Salió de la estancia cerrando la puerta con llave. Estaba claro que el Tuerto no quería que me metiese en más líos. Pensé en Newen: ¿me habría añorado? ¿Y Nereida? Había hecho una buena amistad con Arkan, aquella noticia nos afectaba a todos. Supuse que no se enterarían hasta que Roc apareciera por la cueva con provisiones. ¿Wayra estaría bien? No podía seguir encerrado allí, debía ir con ellas. Sin embargo, cabía la posibilidad de que Darko hiciera que sus matones me siguieran hasta la cueva. Mientras mi mente divagaba, tratando de encontrar sentido a aquella situación, escuché el sonido de unas llaves introduciéndose en la cerradura de la puerta. Me alerté, permaneciendo en tensión hasta que vi al Tuerto aparecer tras ella. Sin embargo, un hombre le acompañaba. Quedé extrañado, pensé que no era un buen momento para socializar, no obstante, dejé que el Tuerto se explicase.

— Sombra, traigo un aliado.

— ¿Me recuerdas?

— Tu voz… tú me diste una paliza.

— Veo que me recuerdas. Tranquilo, que estoy de tu parte.

— Bonita manera de demostrarlo.

— Ya, bueno, lo pasado, pasado está. Mírame bien a los ojos. ¿me reconoces?

— No… no puede ser, eres… ¡Bruno!

— ¡Bingo! Ya era hora hermano.

El Tuerto preguntó estupefacto:

— ¿Hermano?

— Cabrón, por poco me matas.

— Sabía que saldrías airoso.

— Pero ¿Por qué?

— Traté de protegerte

— ¡No me digas!, no lo noté.

— No seas sarcástico Malcom, los gorilas que te pegaron si trabajan para el Lengua Sellada, todo tenía que ser real ¿Lo entiendes?

— ¿Qué tienes que ver con todo esto?

— Trabajo infiltrado, como jefe de seguridad en las filas del Lengua Sellada. Nos llegó información de que las damas iban a ser secuestradas por un enemigo del Lengua Sellada, pero todo había sido una farsa.

— ¿Qué quieres decir?

— El que encargó esta operación es el mismo Lengua Sellada, no solo quiere quitar de en medio a su esposa, a la amante y a la hija de Wang, además quiere que las culpas recaigan sobre un enemigo común de Wang y suyo: ¿recuerdas a Korinna?

— Pero… si eran amigos.

— Tú lo has dicho, lo eran. Korinna sigue controlando la zona que da más rendimiento, y el Lengua Sellada se ha vuelto ambicioso.

— ¿Y Darko? ¿qué pinta en este cuadro?

— Lo mismo que tú, sois títeres.

— Las chicas están en…

— Ni se te ocurra decirme su paradero, lo mejor es que solo lo sepas tú.

— ¿Cuál es el plan?

— Por lo pronto, proteger a las mujeres.

— ¿La policía podría ayudarnos?

— Soy policía, y te aseguro que hay tanta corrupción dentro del cuerpo de policía, que podría contar con los dedos de una mano a los hombres que están limpios. No, lo mejor será que nos encarguemos tú y yo. Vigilaré al Lengua Sellada, tú guárdate de Darko, es peligroso.

— ¿Confías en mí?

— Siempre lo he hecho.

— ¿Por qué desapareciste?

— Era lo mejor, papá y yo no nos entendíamos.

— Nunca llegaron noticias tuyas.

— Pero siempre estuve cerca, te lo aseguro.

Antes de marcharse me abrazó, y sentí unas repentinas ganas de volver al pasado. Había encontrado a Bruno, mi hermano. Contaba con dieciséis años cuando marchó de casa, sin ni tan siquiera una nota. Mi padre envejeció sin nombrarle, y yo jamás entendí que había pasado entre ellos. Bruno era un año menor que yo. Siempre había sido solitario y temperamental, como mi madre. Mi padre, autoritario aunque cariñoso, no conseguía entenderle, hasta el día en que, sin más, desapareció. Tomándolo como una afrenta personal, decidió sepultarlo en su memoria. Bruno era un desconocido para mí, sin embargo, corría la misma sangre por nuestras venas, debía confiar en él.

El Tuerto había estado observando aquella reunión familiar, parecía no creer que Bruno y yo fuésemos hermanos. Nuestras diferencias físicas eran notables, Bruno tenía unos ojos marrones, de mirada intensa, sus cabellos castaños caían lacios sobre su frente, y su complexión, más desarrollada que la mía, le hacía parecer mucho más fibrado.

— Jamás hubiese dicho que erais hermanos.

— Hacía muchos años que no sabía nada de él.

— Me alegro de haberos reunido.

— ¿Por qué le trajiste aquí?

— Verás, tras zarpar hacia las islas, un día vino y preguntó por ti, quería saber si estabas bien. Me extrañó, pero su mirada me pareció sincera, y le pregunté a que venía su interés. Él dijo que quería protegerte fuese como fuese. Luego me dijo que estaba en el lado de la ley, y que a cualquier contratiempo que tuvieras, le avisara.

— ¡Y si llega a ser un matón, vas y lo traes a casa!

— Tienes razón, pero vi algo en él que me hizo confiar. Llámalo corazonada, no sé qué fue.

— En qué circunstancias más extrañas me vuelvo a encontrar con mi hermano. En fin, ahora lo importante son las chicas.

— Y vigilar a Darko.

El Tuerto había sido valiente, considerando el bando escogido. Me había cuidado y protegido, exponiéndose a las represalias del loco de Darko, solo por eso ya debía estarle agradecido.

Tenía demasiadas cosas en la cabeza, deseaba ir a la cueva para estar con Newen, y saber si Wayra estaba confortable como para seguir escondida allí. El Tuerto sabía que tenía que marcharme, por ello me ofreció prestarme una furgoneta, que muy de tanto en tanto, cuando los proveedores estaban en huelga, utilizaba para abastecer la Taberna de los muertos. La furgoneta era todoterreno, y podría llegar sin problemas. Un rato antes de su hora de entrada en la vieja taberna, me acompañó hasta la furgoneta, me dio un cálido abrazo, y me deseó suerte.

Anhelaba poder llegar para estar con Newen, pero mis dudas y miedos estaban latentes. ¿Cómo un infeliz como yo, podría pararle los pies al Lengua Sellada? Por otro lado, sabía que Bruno no perdería de vista a ese villano, y eso me tranquilizaba. Antes de llegar, mi mente volvió a ensombrecerse al recordar las muertes de Petrus y Arkan, era una terrible noticia, sobre todo para Nereida.

La furgoneta llegó sin contratiempos. Las chicas asomaban tímidas sus cabezas. Sus sonrisas fueron el mejor antídoto para calmar mis temores. Nereida había estado llorando, sus ojos aún humedecidos eran la prueba fehaciente. Sentí como me daba un vuelco el corazón al ver a Newen corriendo hacia mí, y tras abalanzarse a mis brazos, besarme. Aquel momento valía cualquier paliza de los matones de Darko. Sonreí como un enamorado, y pregunté por Wayra.

— ¿Cómo se encuentra Wayra?

— Bien, pero está descansando.

Nereida interrumpió.

— Le dije que no debe fumar.

— ¿Está fumando? ¿En su estado?

— Tranquilo, fuma para calmar los nervios, los doctores dicen a las embarazadas que lo eviten, pero que si tienen ansiedad, que fumen. La noticia de Petrus y Arkan nos ha impactado a todas.

Abracé a Nereida, pues de nuevo se le inundaban los ojos de lágrimas.

— No sé qué decir, no tengo palabras para…

Mientras abrazaba a Nereida, Newen advirtió mis contusiones y moratones

— ¿Y esas magulladuras?

— Una pequeña pelea, no es nada, estoy bien.

— Mientes. Y muy mal, por cierto.

— En serio, no es nada.

Al asomarme a la cueva vi a Wayra, sentada, con aspecto pálido, sosteniendo un cigarrillo entre sus dedos.

— ¡Vaya sorpresa! Estás vivo.

— ¿Cómo te encuentras?

— No estoy segura de si vale la pena traer un bebé a este mundo tan efímero ¿Tu qué crees?

— Creo que la vida es un camino tan bello cómo tortuoso.

— Buog…buog buaaaargh ppuuaagghh

Un vómito repentino y continuo, impidió que Wayra me replicara. Nereida, preocupada por su salud, inquirió:

115

— Es culpa del cigarrillo.

La enciclopedia parlante de Newen. Como siempre, tenía un razonamiento para todo.

— No, son arcadas naturales, tanto si fuma como si no, suele ocurrir los primeros meses de embarazo.

— Vale, pero digo yo que si no fumara se encontraría mejor ¿no?

Ambas parecían dos loros discutiendo sobre la salud de Wayra, hasta que Wayra retomó aliento e intervino con energía:

— Está bien Nereida, te prometo que fumaré lo mínimo, y Newen, tienes razón, pero en esta ocasión me lo ha provocado la calada que aspiraba. ¡Por Dios! ¡Dejad de discutir!

Volvía a estar junto a ellas. Aquello llenaba mi espíritu. Cercana la noche, me ausenté. Necesitaba comprender mi propia vida, mi mente viajó a un pasado recóndito.

Capítulo 6: Recordando a Bruno

Bruno había aparecido en mi vida como un fulminante relámpago. Mi hermano, de quien no sabía nada desde hacía más de dieciocho años, había hecho acto de presencia. Me preguntaba porque, ¿Por qué ahora? Todo parecía demasiado estudiado. Años atrás podía haberse presentado, según él siempre había estado cerca, entonces ¿porque justo en este momento?

Mi relación con Bruno siempre había sido fraternal, con respeto, sabiendo nuestras diferencias, jamás imponía sobre él mi criterio, ya que había aprendido que las diferencias entre personas generan riqueza en las cosas cotidianas, abren puertas a la mente, y eliminan estancamientos.

Aún podía recordar aquel último verano con Bruno: yo tenía diecisiete, y él acababa de cumplir los dieciséis, teníamos un amigo en común, que solía venir a casa aprovechando que estábamos solos, ya que mi padre trabajaba de camillero hasta las seis de la tarde en el

117

Hospital de Karat, y hasta las siete y media no volvía a casa. Montábamos las reuniones allí, para hablar de chicas mientras escuchábamos música con mi equipo de alta fidelidad. Las cervezas las compraba Vincent, en sí no las compraba, las mangaba del colmado de su tía cuando esta no miraba, y para obtener cigarrillos, hacíamos una colecta con las semanadas de todos, se lo dábamos a un tipo, al que llamábamos "Colgao", que nos hacía el favor, a cambio de una lata de cerveza, de comprarlo en el Pitsmoke, la única tienda que podías comprar cigarrillos de diferentes marcas y precios.

Vincent, aunque tenía dieciséis años como Bruno, era locuaz, divertido, y gustaba a las chicas. Por su físico era un chico tan normal como cualquiera de nosotros, a excepción de su persistente brote de acné juvenil. Tenerle en el grupo era nuestra llave para poder relacionarnos, si no con las más pijas, si con las más marchosas.

Bruno, al contrario que Vincent, era lacónico, y lo único que parecía interesarle eran las historias de crímenes y asesinos. Cuando pillaba un libro de la biblioteca, podía pasarse horas y horas encerrado en su habitación sin que el mundo, ni las chicas, ni los amigos, consiguieran sacarle de su parcela autista. Sin embargo, Vincent y él tenían sus propios secretos, en sí era su mejor amigo, y yo jamás pude desbancar a Vincent, lo cierto es que tampoco me preocupaba.

Vincent y Bruno se conocían desde párvulos, recuerdo que ambos desaparecieron una vez, a la edad de seis años, y muchas horas más tarde les encontramos en la biblioteca, ambos habían decidido leerse todos los libros que pudieran, era como un reto para saber cuál de ellos ganaba. En otra ocasión, vino a casa con un tajo en el dedo, muy orgulloso, y sin preocuparle en absoluto la sangre que perdía. Al parecer, tanto Vincent como él habían decidido hacer un pacto de hermanos, para ello utilizaron un cristal roto que habían encontrado en el descampado de los yonquis, y aunque yo tan solo era un año mayor que ellos, tampoco me daba cuenta de lo peligroso y temerario que, según mi padre, era aquel acto. Por supuesto, mi padre le regañó y le castigó de forma severa, pero en ese momento, no nos pareció justo.

Mi madre era enfermera y trabajaba en el mismo hospital que mi padre, así se conocieron. Su fallecimiento fue por culpa de unos guantes defectuosos, que dejaron traspasar la sangre de un paciente con sida a sus manos. Esto no hubiese tenido consecuencias, si mi madre el día anterior no se hubiese cortado con un cuchillo al preparar la comida para nosotros y a la vez tener que estar pendiente de ambos, que con nuestros juegos distrajimos su atención.

Bruno tenía cuatro años cuando mi madre murió, por supuesto todos sentimos aquella pérdida, pero Bruno decidió aislarse de todos. Durante casi nueve meses no pronunció ni una sola palabra, ni mis tías ni mi abuelo Josu, que cuidaban de nosotros mientras mi padre trabajaba, consiguieron hacerle hablar. Para más inri, dos años más tarde, el abuelo Josu, padre de mi madre, falleció de causas naturales, y Bruno aún se volvió más retraído.

Vincent parecía ser el único que llegaba a él, se sentaba a su lado permaneciendo junto a él sin molestarlo, esperando a que su amigo quisiera compartir cualquier cosa. Con el tiempo, todos nos acostumbramos a aquella situación, y a medida que aceptábamos su comportamiento, sin darle más importancia, Bruno empezó a socializar con nosotros, a su tiempo y sin presiones.

Más tarde, en el instituto, Vincent y Bruno estaban muy interesados en Lia Croll, una estudiante procedente de otro país, que había entrado nueva ese mismo año. Bruno tenía buen físico, pero carecía de chispa, y Vincent consiguió tener una primera cita con ella. Aquello tan simple hizo que durante dos meses Bruno le negase su amistad a Vincent. Tenía un problema con el mundo, si el mundo no le concedía lo que él pensaba que debía ser suyo.

Su temperamento fue apareciendo sin previo aviso. La primera vez que recordaba a Bruno histérico e irracional fue el día en que me cansé de escuchar repetidas veces y durante horas, la misma música de su grupo preferido: Los Zenit-y-Cientos. No sé por qué le mentí, se me ocurrió gastarle una broma sobre la disolución del grupo, comenté de ellos que eran unos fracasados, que habían estado plagiando a grandes autores, y que el público por fin les había abandonado, dejándoles como única opción retirarse de la música para siempre. Al principio no me creyó, pero algo más tarde, cuando Vincent, aliado conmigo, apareció por medio con una noticia de internet, que habíamos retocado, diciendo que su grupo había decidido separarse, montó en cólera contra todo. Perdió la paciencia y empezó a tirar los discos contra la pared, destrozando sus posters y dejando su habitación como una leonera. Tanto Vincent como yo intentamos explicarle que aquello no era cierto, pero fuera de sí mismo, no había manera de que nos escuchara. Por supuesto, esto nos costó volver a reponer su destrozada discografía con nuestras semanadas.

Mi padre trabajaba muchas horas para podernos mantener, recuerdo que durante unos meses decidió aceptar un trabajo nocturno en una fábrica como vigilante de seguridad, su jornada iba de las ocho de la noche hasta las cuatro de la mañana. Aquello solo duró unos meses, sobre todo porque no podía con su alma por las mañanas, e impedía que su trabajo en el hospital se realizase como debía ser. Durante esas ausencias, nuestras relaciones se deterioraban sin apenas darnos cuenta de ello, Bruno necesitaba mucho más que yo la monotonía de las charlas y las historias que él nos contaba en esa franja horaria, que había sido suprimida. Nuestras cenas en ausencia de nuestro padre, a base de pizzas preparadas, volvieron a Bruno mucho más hostil que de costumbre.

Cuando la situación se normalizó, mi padre se percató de la pérdida de Bruno. Mi hermano había asimilado de tal manera su ausencia, que ya no le era necesario. Las discrepancias vinieron algo más tarde, cuando la autoridad de mi padre intentaba imponerse, y Bruno le ignoraba. Al principio, los intentos frustrados de mi padre tan solo causaban gritos entre ambos, pero aquello fue a más cuando Bruno empezó a encararse con él, cuestionando su autoridad.

Nuestra casa había perdido el sosiego y la comunicación. Las ausencias de Bruno en horas tan sagradas como las cenas, y en ciertas fechas señaladas, provocaron la pérdida de la paciencia de mi padre, aumentando la tensión entre aquellos dos gallos. Vincent trató de mediar en aquella situación, que bajo su punto de vista y su experiencia personal, le parecía surrealista. A Bruno no le gustaba que Vincent tratase de convencerle de que era necesario un cambio de actitud por su parte, pero esto le daba igual a Vincent, ya que en una ocasión presencié como le decía a Bruno que era un crio malcriado e inmaduro, intentando provocar cierto sentido común en él. Sin embargo, a toda acción le aguarda una reacción, y por parte de mi hermano su reacción fue aislarse de Vincent.

Vincent se había criado con su tía desde muy pequeño, su madre había muerto por culpa de las drogas, y jamás había tenido una figura paterna, pues ni tan siquiera sabía quién era su verdadero padre. De forma instintiva para Vincent, nuestro padre se había convertido, de algún modo, en el suyo propio. De esta manera paliaba aquella ausencia, que para él era tan necesaria como el aire. Bruno envidiaba a Vincent, una vida sin reglas, sin presiones, y con una tía que tan solo se ocupaba de darle sustento, sin vigilancia ni consejos, a menos que él los reclamase, de alguna forma, Bruno creía que Vincent poseía una libertad ilimitada. Por el contrario, Vincent, sin demostrarlo de manera abierta, valoraba en muy alto grado todo lo que Bruno parecía despreciar. Eran dos polos opuestos que se complementaban por sus propias carencias. Seis meses antes de la desaparición de Bruno, Vincent ya estaba dando sus primeros pasos, buscaba trabajos en imprentas y en rotativas, se miraba la sección de trabajos en los diarios, hasta que un buen día encontró aquello que andaba buscando. Ofrecían un puesto de colaborador en un diario de poca repercusión. Era muy ventajoso para el diario en cuestión, pues todos aquellos que deseaban el trabajo, ofrecerían sus noticias, alimentando a la gran entidad. Durante varios meses, los pretendientes al puesto deberían intentar conseguir una noticia que fuese un bombazo, y aquel que se hiciera con la noticia destacaría sobre el resto. Vincent tomó una decisión arriesgada: decidió marchar a la aventura, apostando por él mismo. Bruno no mostró ni pena ni añoranza cuando Vincent vino a despedirse. En su interior se debatía en una lucha interna, intentando despojarse del lacre de la amistad. Unos meses más tarde, desapareció de mi vida sin dejar rastro.

Capítulo 7: Aciagos tiempos

La noche se preparaba para arroparnos con su colcha de estrellas. Habíamos cenado sopa fría de verduras, una exquisitez para el estómago de Wayra, que al parecer conseguía digerir bien. Las chicas me explicaron lo atento y sensible que Roc se mostró con ellas al dar la trágica noticia acontecida. Mientras nos preparábamos para dormir, tanto Nereida como Wayra se hacían muecas, riendo, pensando en nuestra primera noche de amor, cosa bastante absurda, pues ni Newen ni yo pensábamos hacer cosas íntimas estando acompañados. Nos acurrucamos juntos, y permanecimos despiertos por un rato, hablando:

— Ya se han dormido ¡por fin!

— ¿Qué has hecho en Tetrasco?

— ¡Ha sido increíble! me he encontrado con mi hermano. Es policía, y nos ayudará.

— La paliza te la han dado por nuestra culpa ¿verdad?

— La persona que me encargó vuestro secuestro teme que le partan las piernas, si no os entrega.

— ¿Quién hay tras todo esto?

— ¿De verdad quieres saberlo?

— Por supuesto.

— Tu marido.

— Estás de broma, mi marido querrá recuperarnos.

— No Newen, tú marido quiere deshacerse de vosotras, y colgarle el muerto a un antiguo socio llamado Korinna.

— Eso es imposible, mi marido... disfruta de las atenciones de Nereida, y... además ¿porque iba a secuestrar a Wayra? Korinna y él son viejos amigos. No tiene sentido.

— Es simple estrategia para que las piezas encajen, ya que Wang es enemigo natural de Korinna ¿entiendes? Así se deshace de vosotras, y el chivo expiatorio recae sobre Korinna. Esto, en los ambientes de tu marido, Korinna, y Wang, desacredita y hunde al traidor. Me temo que tu marido, aparte de ser una sanguijuela, es un zorro.

— ¿Será hijo de puta? él me dijo en una ocasión que jamás podría pedir el divorcio... no entiendo ¿porque desea matarnos?

— Sois prescindibles, como los peones en un tablero de ajedrez. Es ambicioso, y lo que lograría si lo consiguiera, para él valdría la pena.

— ¿Y la policía?

— Es corrupta, no podemos contar con más ayuda que con la que tenemos.

— Abrázame por favor.

— No te preocupes cariño, nada malo te va a ocurrir, te lo prometo.

Nos dormimos abrazados, en esta ocasión era Newen la que lloraba desconsolada. Imaginé que su vida tan planificada, le daba una bofetada al descubrir lo poco valiosa que resultaba para su marido. Tantos esfuerzos por complacer a un hombre a cambio de su seguridad, entregando a su hermana de concubina, para que en pago, fuera su esposo quien tratase de matarlas, era un profundo golpe.

Daba igual si el amor entre ellos jamás había existido: un trato era un trato. Sentía su dolor y su frustración mientras lloraba, y así, entre mis brazos, al final se rindió al sueño. Aquella noche no podía dormir, algo en mi interior me indicaba que una desgracia estaba a punto de ocurrir. No era hombre de tener corazonadas, sin embargo, esa sensación invadía todo mi ser.

El amanecer llegó radiante, con un alegre sol matutino que cegaba mis ojos. Las chicas se sentían contentas y despreocupadas, con gran ilusión de volver al rio. Newen, por el contrario, parecía estar ausente. Su necesidad por digerir sola aquel mal trago me preocupaba, aunque entendía su postura. Newen se sentó en un tronco, mientras miraba a Nereida retozar en el agua. Wayra, más precavida en esta ocasión, tan solo se remojaba los pies y las piernas. Intenté hablar con Newen, pero me suplicó que la dejase sola. Tanto Wayra como Nereida se sentían preocupadas por la pesadumbre de Newen, pensé inventarme una buena excusa para evitar contarles la verdad. Por desgracia, lo único verosímil que se me ocurrió fue decirles que habíamos discutido, lo que provocó que ambas me regañasen sin más. Volvimos a la cueva, pues ya iba siendo hora de comer. Allí encontramos a Roc, su cara lívida me auguraba una mala noticia. Dejamos a las chicas con la ardua tarea de decidir el menú, para poder hablar a solas.

— Hosco, Hosco ha muerto.

— ¡Dios! ¿Qué ha ocurrido?

— Le han encontrado en el puerto, con la lengua vuelta del revés, tan hinchada que obstruía sus vías respiratorias. A su alrededor habían muchas medusas esparcidas. Según parece, las medusas le habían inyectado veneno.

— Hosco sabía extraer el veneno. No, alguien se ha ocupado de inyectárselo, sabiendo que moriría de forma agónica.

— ¿Cuándo va a acabar esto?

— Cuando el Lengua Sellada mate a Darko, supongo.

— Pero el que quiere matarlas es Liberto

— No, todo ha sido urdido por el Lengua Sellada.

— Hay que hacer algo.

— No pienso entregarlas.

— No digo que las entregues, pero…

— ¿Se te ocurre algo?

— Podríamos contratar a un sicario, que acabe con él.

— Ningún sicario querrá enfrentarse a él y a sus matones. Pero… bajaré hasta Tetrasco y hablaré con Gea, su esposa, para que le dé un mensaje de mi parte. Quiero pedirte un favor.

— No me líes, que ya me arriesgo mucho al venir aquí.

— Quiero que vayas a Tetrasco con esa furgoneta y la aparques en la parte trasera de la Taberna de los muertos. Entrégale las llaves al Tuerto y dale este mensaje para Gea: *Nos encontraremos en la antigua bodega en dos días, a las seis de la tarde, acude sola.* ¿Lo recordarás?

— Joder, está bien, pero que conste que lo hago por esa morena.

— ¿Nereida?

— Es preciosa ¿verdad?

— Veo que el dicho es cierto, mueven más un par de tetas que dos carretas.

— Cuídamela.

— En eso estoy.

Debía hablar con Gea, quizá Darko atendiera a razones si su esposa se lo pedía. Gea podía convencerle de que las muertes de esos hombres eran en vano, injustas y sin sentido. Ella mejor que nadie podía entender lo que significaba perder a un ser querido: su hermana Tessa había muerto por culpa de un ajuste de cuentas entre dos bandas. Estaba seguro que se pondría de mi parte cuando le explicase lo que estaba ocurriendo, siempre y cuando pudiera convencerla de que el único responsable de aquella matanza era su marido. Yo era ajeno a lo que en esos momentos estaba ocurriendo en Tetrasco, y ya era tarde cuando me enteré de aquella tragedia, dos días más tarde.

Numar estaba en su pequeño apartamento cuando, medio dormido, escuchó sonidos chirriantes que provenían de un pequeño sótano que se hallaba bajo sus pies. Fue a investigar, armado con un bate de beisbol y su linterna. Tenía la certeza de que aquel chirrido lo provocaban unas ratas peleonas, ejerciendo su derecho a poseer un pedazo de carne de paloma muerta. Mientras alumbraba con su linterna los escalones, no vio la cuerda atravesada que consiguió hacerle perder el equilibrio, cayendo de bruces. Antes de poder incorporarse, dos hombres, cuyas caras estaban embutidas con medias negras, le atacaron, intentando estrangularlo con unas cadenas. Perdió el conocimiento casi al momento, y sus atacantes pensaron que habían finalizado el trabajo, marchándose de allí. A las pocas horas estaba en el hospital, gracias a la intervención de Chivo, quien al parecer había ido hasta allí alertado por una nota bajo su puerta. El mensaje decía así:

Acude a Clakbout 7, Observa lo que ocurre a quienes no cooperan. Tú serás el siguiente.

Antes de padecer el paro cardiaco que le arrebató la vida, recuperó por un momento la consciencia, explicándole a Chivo y a la policía lo que había sucedido.

Durante esos dos días traté de estar atento a Newen, acercándome a ella para que viera que yo seguía estando allí. En algún momento de soledad intenté recordar como había empezado todo aquello. Un encargo, tres mujeres, y dinero fácil. Ahora me veía envuelto sentimentalmente con una de ellas, y me sentía responsable de todas. Las muertes de mis compañeros de viaje pesaban sobre mi conciencia, y no sabía como acabaría todo aquello. De secuestrador a protector, sin dinero, y amenazado, aquello no era el augurio de un buen futuro. Tenía la seguridad de que obraba bien, pero el coste estaba siendo muy alto. Necesitaba pensar, y encontrar la manera de ponerle punto final. La tripulación había sido escogida por Capitán Loco sin el conocimiento de Darko, por ello resultaba inquietante comprobar la eficiencia de su red de espionaje, a menos que Capitán Loco jugase a dos bandos. Ya no sabía que pensar, me resultaba difícil creer que el viejo Capitán Loco fuese el delator, pero estaba claro que uno de los tripulantes colaboraba dando información.

Habían pasado dos días y ya estaba dispuesto a encontrarme con Gea. No me detuve hasta llegar a la antigua bodega. Hacía largos años que por problemas estructurales del edificio, aquel negocio había sido forzado a cerrar. Las termitas campaban a sus anchas por las vigas de madera, y nadie, ni tan siquiera los indigentes, se refugiaban bajo aquel techo tan inestable, que en cualquier momento podía dar una sorpresa nada agradable. Al entrar pensé que debería esperar a Gea, pues aún no eran las ocho, sin embargo me llevé una sorpresa al encontrar allí al Tuerto.

— Tuerto, ¿Tu aquí?

— Sombra, no tengo demasiado tiempo, así que escucha. ¿Te has enterado de la muerte de Numar?

— ¡Por Dios! ¿Cuándo y cómo ha sido?

Tras explicarme los detalles de aquella muerte, decidí que antes de volver a la cueva debía hablar con Chivo. Gea llegó unos minutos más tarde, y el Tuerto nos dejó a solas.

— Flaco, ¿Qué ocurre?

— Tienes que parar los pies a tu marido.

— ¿De que estas hablando?

— Está matando de manera indiscriminada a todos aquellos que me acompañaron en…

— ¡Estás loco!

— Sé que cuesta creerlo, pero…

— Darko no ha matado a nadie, ¿Crees que no sé con quién me casé? Él es el primero que está aterrado tras esas muertes.

— ¿Lo dices en serio?

— Él sabe que he venido aquí a reunirme contigo, si fuese un asesino ya estarías muerto ¡imbécil! El asesino es…

Una ráfaga de disparos abatió a Gea. Mientras una figura irreconocible corría hasta un coche dándose a la fuga, fui a socorrerla. Al verla en el suelo la cogí en brazos, llevándola fuera de allí, mientras la estructura amenazaba con caer sobre nosotros. Conseguí salir justo un segundo antes de que el techo se desplomase. Gea estaba en mis brazos sin vida, ya nada podía hacer por ella, de nuevo sentí mi corazón romperse

— ¡Darko, maldito! ¿Quién ha sido? ¡Cabrón! ¡Nenaza de mierda! ¡Gea está muerta!

Caminé hasta llegar a casa de Darko, con Gea entre mis brazos, ensangrentada. Sabía que él estaba allí dentro, tras la oscuridad, oculto como una rata de cloaca. Grité su nombre, maldiciéndole, dejando a Gea recostada en los fríos escalones de la entrada.

Todo mi mundo parecía no tener sentido, Gea era una hermana pequeña para mí, aquel dolor se intensificaba al pensar en Tessa. Llorando como un niño, corrí alejándome del lugar, llegando hasta la casa de Chivo. Cuando solo me faltaba un par de metros de distancia hasta la puerta, sentí la fuerte onda expansiva provocada por una explosión en su interior. Al caer al suelo, sin poder avanzar, vi como el fuego hambriento envolvía toda la estructura. Intenté acceder, pero aquello era el infierno, las llamas se alimentaban vorazmente. Mi frustración y mi rabia desesperada se desataron en un grito aullador:

— ¡Chivoooo! ¡Nooooo..!

No sabía a ciencia cierta si Chivo estaba dentro, pero tenía toda la pinta. Incluso a ciegas hubiese podido apostar y ganar. Aquella explosión había sido preparada, fuese quien fuese, vigilaba mis pasos matando a sangre fría. Otra buena persona había sido ejecutada. No podía entender porque no daba la cara, enfrentándose a mí.

No podía irme sin hablar con Capitán Loco, él debía saber alguna cosa sobre aquellas muertes. Probé en la Taberna de los Muertos, pero allí no estaba. Antes de salir, le pedí al Tuerto un whisky, explicándole la muerte de Gea y la explosión en casa de Chivo. Tras maldecir, abrumados de dolor, averigüé dónde hallar a Capitán Loco:

— Es un sinsentido.

— Necesito hablar con Capitán Loco.

— Hace ya bastante que no se deja caer por aquí, pero creo que va por el Mono Sediento.

— Gracias, eres un amigo.

Me despedí con una palmada en su hombro y salí disparado hacia aquella vieja taberna, cercana al puerto mercante. Aquel lugar había sido un nido de ratas muchos años atrás, con su propia destilería de alcohol, y una sala en su sótano dónde las timbas de juego habían hecho perder a más de uno hasta su libertad. Recordaba su decoración, ostentosa e indecorosa, de tapizados sexuales, que animaba la vista, chicas menores de edad sirviendo las mesas muy ligeras de ropa, y un olor a perfume varonil, mezclado con aroma de puros, que conseguía marear. Los asiduos parroquianos casados se refugiaban allí, sabiendo que sus esposas jamás entrarían a buscarlos, el lugar resultaba indecoroso para cualquier mujer que preciase su reputación, aparte del abucheo que se hubiera llevado aquella que osara entrar.

Al llegar al Mono Sediento comprendí que la guerra había diezmado incluso Tetrasco, aquel lugar donde el jolgorio y las peleas eran su identidad, se había transformado en algo parecido a una cripta, envuelta de un aterrador y sombrío silencio. En una mesa de tablones de madera, muy apartada de la barra y cercana a una ventana, se encontraba Capitán Loco. Antes de acercarme, le observé. Encogido de hombros, ensimismado, mirando al vacío de su copa

135

turbia, daba la impresión de estar en otro mundo. Comprendí que Capitán Loco no era el delator, no podía estar más abatido de dolor. Al acercarme y tocarle el hombro, dio un brinco, asustado.

— Perdona… no tenía intención de asustarte.

— Ah… eres tú. Pensé que ya había llegado mi hora.

— ¿Sabes quién está detrás de estas muertes?

— Sombra, ojalá jamás hubiese aceptado ir. Que ironía: sin dinares y a punto de morir.

— ¿Quién es?

— Anda, siéntate conmigo y engulle un whisky. Por los viejos tiempos.

— Estás borracho. Necesito que me digas quien es.

— Mal augurio… la niña del barco nos lo advirtió.

— Vamos, no jodas, no mezcles fantasmas, apariciones, o lo que coño fuese, con esto.

— ¿Quién queda vivo?

— Circe, Sebastiano, Sarken, el Doctor, tú y yo.

— No, no, te equivocas. El Doctor Almúz ha muerto… mi buen amigo silencioso.

— ¿Ha muerto?

— Si, le han reventado los tímpanos. Estaba en su pequeño refugio, yo pasé para… en fin, da igual, le encontré en una silla. Llevaba unos cascos puestos. Solía escuchar música, y para no molestar, siempre se ponía los cascos. De sus oídos salía sangre a borbotones, habían utilizado un taladro eléctrico, o algo así, pues el agujero llegaba hasta la otra oreja. Sus manos estaban atadas a la espalda.

— ¡Dios… es horrible! ¿Quién ha sido?

— No lo sé. Hablé con Darko, pero parece un animalillo herido. Está aterrado.

— Su esposa también ha muerto.

— Es una venganza completa.

— ¿Todo por tres mujeres?

— No seas iluso. Sea quien sea, no está matando por esas mujeres. Mata porque le sacia, le gusta, y disfruta.

— ¿Pero… porque a nosotros?

— Está claro, porque le pagarán una buena suma.

Aquellas palabras me hicieron recordar a Sarken. Su codicia había quedado reflejada en el viaje a las islas. Aunque no me parecía un psicópata, lo poco que había leído sobre ese tipo de personas, indicaba que podían ser tan normales cómo cualquiera.

— Capitán, escóndete.

— Dónde quiera que me esconda me encontrarán. Es inútil.

— Ven conmigo, te llevaré hasta las chicas.

— No, ni hablar. Prefiero morir cerca de mi mar. No soy una rata de cloaca.

— Gea, la esposa de Darko, estaba a punto de decirme quien es el asesino.

— Pues eso quiere decir que Darko también lo sabe.

— Cuídate, Capitán.

— Espera... mi nombre es Heracles Colosi. Ya es hora de que alguien lo sepa.

— Heracles Colosi... siempre serás mi Capitán Loco.

— Gracias. Necesitaba oír mi nombre por última vez.

Le di un fuerte abrazo, me estaba despidiendo de él, y ambos lo sabíamos, no podía hacerle cambiar de opinión. Su manera de enfrentarse a la muerte era tan digna y desafiante que solo podía admirarle.

Capítulo 8: Brabucones codiciosos.

Me había despedido de Capitán Loc… ¡no! de Heracles Colosi. Dentro de mi ser, me rebelaba, no quería aceptar que aquellas palabras fuesen las últimas que intercambiaría con Capitán Loco.

Decidí volver a casa de Darko. Tenía la necesidad de poner un nombre a ese horror, el nombre del asesino. Las calles parecían más desiertas que de costumbre, y un viento frío y húmedo me golpeó la cara. Sabía que Darko estaría en casa.

Tan solo estaba a unos metros de su casa cuando vi el cadáver de Gea reposando en los fríos escalones. No podía creerlo, avancé rápido y la volví a coger en brazos, con una patada llena de rabia abrí la puerta y pasé hasta el salón. Allí, en el sofá, dejé a Gea como esperando que despertara. Sabía que era absurdo, la vida se le había escapado con mayor rapidez que la sangre de sus venas, pero me sentía tan confuso que agarré una manta y se la puse encima, me turbaba ver el reflejo de Tessa en ella.

Subí la escalinata sin encender ninguna luz, me sabía de memoria cada rincón de aquellas casas clónicas, idénticas en su totalidad. Esperaba encontrar a Darko en la oscuridad, en alguna habitación llorando como un niño. Tras entrar a dos de ellas y no hallarle, pensé que quizá estaría en su oficina, sin ni tan siquiera haberse enterado de la muerte de su esposa.

La última habitación, más pequeña que las demás, me disipó la duda: en ella se encontraba el escritorio, allí en el suelo, de forma espeluznante, estaba el cuerpo sin vida de Darko, o más bien lo que quedaba de él. Sus ojos encima de su barriga, su nariz algo más abajo, centrada, y como boca habían utilizado su pene, unas orejas gigantes de conejo estaban dibujadas en su pecho. Aquello era repulsivo, ni a mi peor enemigo hubiera deseado verlo muerto con ese aspecto.

Ahora ya entendía porque no había recogido a Gea de aquellos fríos escalones. Registré los cajones de las cómodas del despacho, esperando poder hallar un nombre, un diario, algo que me indicase quien había hecho esa barbaridad. Nada escrito, ni una nota, tan solo facturas y pagos emitidos. Salí creyendo que me estaba volviendo loco, que nadie podía detener al asesino.

Recordé a Sarken y fui hasta la Taberna de los Muertos. El Tuerto era un hombre a quien le confiaban los secretos más íntimos, y más cuanto más borracha estaba la clientela. Cuando llegué vi al Tuerto apesadumbrado, aún no tenía noticias sobre la muerte de Darko, pero tenía un sexto sentido al no verle aparecer por allí.

— Darko también.

— Casi lo podía oler al no verle desde ayer.

— ¿Tú sabes quién está detrás de todo esto?

— ¿Crees que si lo supiera no te lo diría?

— Perdona… no sé lo que me digo, creo que me estoy volviendo loco. No hago más que dar palos de ciego.

— Eso está bien, así yo soy el rey. Bah… ni las bromas salen bien. Tómate un whisky, Darko había dejado pagado uno para ti.

— ¿Cuándo lo dejó pagado?

— Antes de ayer.

— También sabía que iba a morir. Él sabía quién era el asesino.

— Pues yo no quiero saberlo.

— ¿Tienes idea de dónde puedo encontrar a Sarken?

— Espera… miraré la lista de los clientes morosos, siempre anoto donde viven, y Sarken, aunque paga, siempre se retrasa. Sí, mira, ¡aquí está! Vive en Down Clover, veintitrés.

Me acabé de un trago el whisky, y ya estaba justo en la puerta cuando Cratzzo apareció:

— ¿A que vienen esas prisas?

— No sabría por dónde empezar.

— Anda, ven, tómate un trago. Tienes mala cara.

— No, Cratzzo. De verdad que ahora no es buen momento.

— Sí hombre, no hay mejor momento que el presente.

— Está bien, no quiero hacerte un feo.

— Haces bien, no me gusta que me desprecien.

— ¿Te has enterado de la oleada de muertes?

— Si, algo he oído.

— No veo que te preocupe ni un ápice.

— Vamos, ¿crees que tengo que llorar por la purria de esta ciudad? Más muertes se ha cobrado la guerra ¿no?

— Si, visto así, llevas razón… pero a estos les conocíamos.

— Mira Sombra, la vida es un soplo y hay que aprovecharla. No le des más vueltas.

— Cratzzo, me alegra ver que sigues bien.

— ¿Ya te vas?

— Si.

Intentaba recordar la dirección que el Tuerto me había dado. Sí, aún estaba en mi mente: Down Clover, veintitrés. Sarken podía ser el asesino, o podía ser el delator: un hombre que no tenía escrúpulos con tal de conseguir riqueza, era muy sobornable. Las calles estaban sucias y resbaladizas, no había llovido, pero la humedad en el aire se depositaba en las aceras. La zona a la que me dirigía era bastante singular. Poseía todos los edificios estatales, que nadie en su sano juicio quería visitar: la penitenciaría, el sanatorio, y el antiguo cementerio. Ni un bar en esa zona había sobrevivido, los negocios solían escoger zonas animadas o cercanas al puerto, y los pocos que habían apostado por intentarlo habían fracasado, además, la guerra había arrasado esa y muchas más zonas.

La calle era una pendiente vertiginosa, me imaginé por un momento ir con varias copas de más y llegar rodando hasta el final. Ahí estaba el número veintitrés. Miré hacia las ventanas y vi una luz, supuse que eso era una buena señal. Sin embargo, cuando iba a tocar el timbre me di cuenta de que la puerta estaba abierta, aquello ya no era tan buen augurio. Subí los escalones de aquella casa, que parecía sacada de una novela de terror: el papel de las paredes estaba húmedo, los escalones crujían al posar los pies en ellos, la casa era vieja y abandonada a su suerte, con total certeza nadie había invertido en reformas desde hacía más de setenta años. Al llegar al piso de arriba, se percibía un olor muy fuerte, era como de animales en descomposición, me tapé la nariz con un pañuelo y seguí avanzando. Por el resquicio de la puerta vislumbré una luz tenue, como de velas, o de una lámpara de noche. Podía ser la misma que se veía desde la calle. Antes de entrar, para avisar de mi intromisión dije en voz alta:

— Sarken ¿estás ahí?

Pero al no recibir respuesta empujé hacia dentro la puerta, abriéndola del todo. La iluminación era tenue, toda la habitación estaba rodeada de velas, como un santuario. Las paredes estaban llenas de simbología esotérica, tenía un aspecto apocalíptico, en un rincón se encontraba una serie de carnaza apilada, entremezclada, restos de gatos, cuervos, búhos, y reptiles, con sus vísceras amontonadas, creando un cuadro repulsivo e irrespirable. No pude contenerme y vomité. Salí unos segundos para poder respirar y tranquilizarme. Al volver a entrar, observé una mesa llena de tubos de ensayo repletos de sangre junto con otras sustancias, piel, uñas, y pelos de animales, meticulosamente expuestos en una clasificación abominable. Salí mareado de allí con el estómago revuelto de nuevo, Sarken no estaba en aquel lugar. Al salir a la calle, me senté en unos escalones intentando sobreponerme de aquella vista escalofriante, jamás imaginada en la mente humana.

No tenía ni idea de dónde podría localizar a Sarken, aquel barrio era uno de los más muertos de la ciudad, era un área abandonada desde hacía ya muchos años. La mayoría de las casas estaban deshabitadas, y tan solo las personas con muy pocos recursos, o los proscritos, decidían guarecerse de las inclemencias de la intemperie en aquellas ratoneras insalubres.

Comencé a caminar sin rumbo fijo, la pendiente llegaba hasta el puerto, hasta allí llegué sin pensarlo. En el puerto, marineros y estibadores se ocupaban de las mercancías de los cargueros, que amarrados, reposaban hasta la iniciación de su viaje. Un par de tabernas abiertas para los que ya habían finalizado sus tareas eran los únicos lugares posibles para encontrar a Sarken. Entré en el Pulpo Distraído, el local era pequeño y con poca luz, en sus cuatro mesas demacradas aún quedaban resquicios de esmalte, que por el tiempo y el uso, aparecían desgastados, donde se podían entrever pequeñas viñetas de un pulpo parlanchín. Las paredes impregnadas de humedad, el sudor de los clientes, y el ambientador, le daban un aroma muy particular. La descascarillada barra de mármol estaba situada al fondo, y tras ella un camarero gordete y sudoroso, con cara de aburrido, soportaba el parloteo de uno de sus clientes. Con una mirada rápida bastaba para saber que allí no estaba Sarken. Sin embargo, antes de salir de allí me miré los bolsillos, y al encontrar unos dinares me acerqué a la barra para pedir un whisky.

— ¿Qué será amigo?

— Un whisky.

— ¿Alguna marca especial?

— No, no, el de la casa.

— ¡Aja! Un matarratas, pues.

Sonreí ante la aparente broma del camarero, y al mismo tiempo que me lo servía, le pagué aquel marrón y turbio mejunje destilado. El camarero parecía interesado en conocerme, o quizá en librarse del tostón del otro cliente, y me preguntó:

— ¿Buscas trabajo o ya te han contratado?

— ¿Perdón?

— ¿Que si empiezas a trabajar en el Catarsis? Hoy todas las caras nuevas que han aparecido se deben al carguero.

— No, yo solo pasaba por aquí.

— Con tono ofensivo y jactancioso, me preguntó:

— Extraño lugar para pasear. ¿No serás una maricona buscando macho, verdad?

— ¿Tengo pinta de ello?

— No, perdona. Bienvenido a mi humilde cueva.

— Gracias ¿Así que el Catarsis está reclutando marineros?

— Sí, estará dos días anclado. Parece ser que es enorme, eso dicen…

— Bueno, voy a por mí macho antes de que se escape con otro.

Salí de allí con una sonrisa, aleteando mis pestañas, mientras aquel camarero no tenía claro si hablaba en serio. Paseé por el puerto hasta encontrar el Catarsis. El ajetreo de hombres enganchando redes, poniéndose de acuerdo con las grúas, y el vocerío mientras trabajaban, proporcionaban cierta calidez. Sin estorbar a los trabajadores, permanecí un rato mirando las tareas que en conjunto realizaban. A dos metros de allí encontré la taberna El Comodoro. Su aspecto, incluso exterior, era de tener bastante más vida que el Pulpo Distraído, sus luces alumbraban incluso parte del exterior, y por lo que se oía dentro, había bastantes marineros pasándolo en grande. Volví a mirar mis bolsillos, asegurándome de que podría pagar un whisky, o aquello que sirvieran en su lugar.

Mi primera sorpresa fue aquel aroma fresco que invadió mis fosas nasales, me pareció todo un logro que un local a rebosar de clientela, tuviera un aire respirable. Dos hombres tras la barra parecían estar muy entretenidos sirviendo copas, uno de ellos tenía toda la pinta de ser el dueño, pues parecía estar pendiente de los pedidos que aún no se habían servido. El otro recibía broncas y quejas por parte del primero, y aunque se movía con rapidez, no tenía un segundo de descanso entre tanto gentío. En las mesas, los marineros hablaban sin parar mientras las grandes jarras de cerveza se iban vaciando. El alborozo se respiraba en el ambiente, busqué un hueco en la barra para poder pedir un whisky. Una morenaza de treinta años, con unas curvas impresionantes, flirteó conmigo. Pensé por un momento en Newen, y en su reacción viendo aquella escena. La morena esperaba ser invitada a una copa, pero ignoré sus encantos, y no tardó demasiado en encontrar a otro pringao, que baboseara por ella. En una de las mesas más alejadas, vislumbré a Sebastiano. Lo cierto es que me sorprendió encontrarlo allí, y me acerqué a saludarlo.

— ¡Sebastiano!

— ¡Vaya! El detonador del asesino se deja ver ¿No sabrás cuanto tiempo me queda, verdad?

— No tiene ninguna gracia.

— Lo sé, anda siéntate y hazme un recuento de muertos.

— Mejor de vivos: tú, Circe, Capitán Loco, Sarken, y yo.

— Te equivocas, Sarken está muerto. Lo encontraron hace unas ocho horas en el sótano de torturas de la antigua prisión Perpetua. Estaba desnudo y encadenado en un potro de torturas, sus huesos estaban rotos por el estiramiento de las extremidades, y se cree que murió al rompérsele el cuello. En su cabeza llevaba una mordaza de hierro incrustada, con un apéndice en forma de pincho que presionaba su lengua contra el paladar. Las coralinas de todos nuestros compañeros muertos estaban depositadas encima de su cuerpo, formando una sola letra: S.

— Esto parece una historia de terror ¿quién en su sano juicio podría…?

— No lo sé, pero creo que la policía te anda buscando, a mí ya me han interrogado.

— ¿Por qué?

— Me llamo Sebastiano, y a ti todos te conocemos como Sombra.

— Es absurdo, el asesino no iba a dejar su inicial.

— Coincido contigo, pero… la policía parece tener pistas que no revela. ¡Ah, mira! mi chica superviviente.

— ¿Quieres dejar de hablar así?

— Sí, sí quiero, pero no tienes ni idea de lo que es estar acojonado, sin saber si soy el siguiente, o es Circe.

— Claro que lo sé. Yo también estoy metido en esto ¿recuerdas?

— Me enteré de la muerte de tu cuñada, y a ti no te dispararon, fueron a bocajarro contra ella.

— ¿Crees que me siento mejor sabiendo que va a por todos excepto por mí? Ya ni tan siquiera sé si es por el secuestro de las ninfas o por… Capitán Loco dijo que era una maldición, que aquella niña nos lo dijo. No sé qué pensar.

Circe, apurada, se acercó a la mesa tras conseguir que el camarero le sirviese un moscatel, e intervino en la conversación:

— ¿No sabes que pensar? Es una buena noticia.

— Circe, no necesito sarcasmo.

— ¡Vaya! ¡Cuanto lo siento que el señorito no necesite..!

— ¡Basta ya! Parad los dos.

— ¿Qué debo hacer? ¿Decidme que haríais?

— Pelearnos no va a arreglar nada. Si supiera lo que deberías hacer, ya te lo habría dicho.

— Yo sí lo se.

— ¡Basta! ¡Cállate!

— No, él ha preguntado. Entrega a las damas.

— ¿Las entregarías tú?

— Claro que ella no las entregaría, está confundida y tiene miedo, como todos. Vamos a tranquilizarnos, y hablemos de otra cosa.

— ¿Circe, quieres saber dónde están? Así, si vienen a por ti podrás delatar…

— ¡No! ¡Basta ya!

Circe se puso a llorar, sabía que había sido muy cruel con ella, nuestros miedos nos hacían estar desesperados y deshumanizados. Mientras Sebastiano la consolaba, deseaba disculparme por haber sido tan animal. Sus ojos estaban inundados de lágrimas, un miedo aterrador nos estaba comiendo desde el interior, impidiéndonos razonar y ser aquellas personas que habían compartido un viaje aventurero, apoyándonos los unos a los otros.

Demasiadas muertes pesaban sobre mí, tan solo necesitaba saber quién era el asesino para plantarme ante él, y rogarle que me matase y dejara vivir al resto.

— Circe… yo… de verdad que lo siento… no sé qué me ocurre últimamente.

— No importa, ya estoy bien, es solo que… tengo miedo y ni quiero morir, ni ver más muertes.

— Si pudiera cambiar las cosas yo…

— Lo sé, no te disculpes, no sabemos quién es el psicópata que está detrás.

Casi como un destello, vino a mi mente la conversación mantenida con Sebastiano:

— ¿Has dicho que las coralinas estaban en el cuerpo de Sarken?

— Sí, todas las coralinas del resto de compañeros muertos.

— Eso quiere decir que Sarken consiguió que le pagaran por delatarnos.

— Si, o quizá el asesino pretende que pensemos eso.

— No puedo pensar con claridad, tengo que regresar con las ninfas.

— De todas maneras, aquí no parece que puedas hacer mucho más. Ve y cuida de ellas.

Terminé de un solo trago el resto de aquel whisky, me despedí de Sebastiano con cara de tristeza y un esbozo de sonrisa, y de Circe con un beso en la mejilla. Tras salir del Comodoro, me quedé absorto mirando el Catarsis. Aquel carguero era impresionante, me pregunté quién sería el dueño. Un capataz permanecía absorto con la mirada perdida en una lista que llevaba en sus manos, y con un marcador fosforescente mordisqueado, parecía intentar controlar la ubicación correcta dentro de aquella laberíntica y enorme plataforma flotante. Acercándome a él, me decidí a preguntarle:

— Patrón… disculpe.

— Para trabajar debe ir al sector B.

— No, no es eso, es solo una pregunta.

— Bien. Diga, rapidito, que estoy muy ocupado.

— ¿A quién pertenece este barco?

Por la espontaneidad de su asombro aquella pregunta le sorprendió, y depositando su mirada en mí mientras sonreía con cara de superioridad, me contestó:

— ¿El Catarsis? Este carguero mercante pertenece a las Compañías Cartwright.

— Cartwright… aja. Bien, gracias.

— No hay de qué, hombre.

Ese nombre rondaba por mi cabeza, y no conseguía saber de qué me sonaba: Cartwright. Seguí mi camino, y aunque tenía ganas de estar con Newen, decidí quedarme en Tetrasco. Era bastante tarde y no podría guiarme bien en la oscuridad por aquellos parajes. Antes de llegar a mi pequeño antro, me pasé por la Taberna de los Muertos, no quería tomar más whisky, pero quería cerciorarme de las últimas noticias acontecidas.

El Tuerto, nada más verme, comenzó a limpiar un vaso, rodeando el borde con la bayeta de izquierda a derecha. Esa forma de limpiarlo se había utilizado años atrás cómo código para advertir que la policía vigilaba estrechamente el lugar. Eché un vistazo, reparando que dos de los hombres que permanecían al final de la barra tenían un aspecto demasiado pulcro. Al estar advertido, opté por sentarme en una mesa y esperar a que el Tuerto viniera a servirme.

El Tuerto, tal y como me esperaba, se acercó, y mientras limpiaba la mesa y recogía una jarra de cerveza vacía, me preguntó como a un desconocido, que deseaba. Por supuesto pedí un chupito de whisky, los pocos céntimos de dinar que me quedaban no llegaban a más. Diligente, regresó detrás de la barra, y tras servir el chupito volvió a la mesa con total naturalidad, portando mi bebida, y con una nota que aprovechó a deslizarla en el intercambio de monedas. Como tenía una buena panorámica del local, debido al asiento que había escogido, mientras aquellos hombres hablaban, distraídos decidí leerla:

En cuanto acabes el chupito sal de aquí, está infestado de polis y te buscan. Mañana a las 10:00 am, ven a mi casa.

Tomé mi chupito casi de un trago, mientras observaba como aquellos hombres interrogaban al Tuerto sobre mí. Salí de allí y me fui a casa, bueno, esa era mi intención, pero mientras caminaba me encontré de nuevo con Cratzzo.

— ¡Eh, Sombra! ¿Ya de retiro?

— Sí, que mañana me gustaría ir hasta el puerto.

— ¿No te irás a buscar trabajo al Catarsis?

— No, vaya, en principio no, mis años de marinero ya pasaron. Pero el Catarsis vale la pena poder verlo de día, eso me han dicho.

— Es una gran plataforma de las Compañías Cartwright, ya sabes, Oswald Cartwright, el Lengua Sellada.

— Claro… por supuesto.

— ¿Te vienes a tomarte la última?

— No tengo ni un dinar.

— Te invito. Vamos, hombre.

— Cratzzo, no es muy elegante que siempre que me invites sea en tu propia Taberna ¿Qué tal si vamos al Variopinto?

— Está bien, sea. Por los viejos tiempos.

El Variopinto era un bar situado en el barrio bohemio que durante décadas, antes de la guerra, había conseguido un buen estatus. Famosos pintores de otros países visitaban el local, dejando huellas de su arte plasmado en aquellas paredes. La cooperativa que había engendrado aquel proyecto, vio cómo su gran logro fue degradándose a partir del inicio de la guerra. Sin embargo, consiguió resistir las embestidas propias de cualquier negocio en esas circunstancias, gracias a un mecenas amante del arte, llamado

Korinna, que en compensación por su generosidad altruista, obtuvo de manera esporádica un lugar donde hacer negocios fuera de la ley. Tras recorrer unas cuatro calles, habíamos llegado. El Variopinto tenía un rótulo que era una obra de arte por sí mismo. Había sido elaborado con esmero para participar en un concurso, que los mismos cooperativistas habían organizado para motivar el arte y el trabajo en equipo. A pesar de que sus participantes crearon verdaderas genialidades, el escogido superaba con creces las expectativas, y tras darle su merecido primer premio, decidieron comprarlo, tasarlo, y colgarlo como seña de identidad. Los murales pintados en su fachada deleitaban la vista, y atraían a personas de diferentes ambientes.

Cratzzo y yo, en el pasado, habíamos acudido en numerosas ocasiones, para afianzar e impresionar a las citas que consideraba importantes, en las que no escatimaba recursos agasajando a sus contactos. Aquel era el único bar que recordaba con nostalgia estando a sus órdenes, mis honorarios abundantes y mi estatus social me permitía ciertas licencias.

El Variopinto seguía siendo una belleza, los colores conjuntados en armonía absoluta creaban un espacio pulcro, acogedor, y entrañable. Cada mesa recreaba un estilo pictórico, desde el neoclasicismo hasta el dadaísmo, aquellos lacados daban identidad propia a cada rincón del bar. Crattzo se animó enseguida, y dirigiéndose a la barra, sin preguntarme, pidió dos Máscaras. Así llamaban allí a un cóctel de vodka, lima, moras, y hierbabuena, que

155

despejaba los sentidos. Nos sentamos en unos taburetes junto a la barra, mientras el camarero combinaba los licores.

— ¿Sigues sin trabajo?

— Sí, pero estoy barajando la posibilidad de marcharme de aquí.

— No seas estúpido. Sabes que puedes volver a tener trabajo si me lo pides.

— Lo sé, pero… mira, no es que no aprecie tu ofrecimiento, pero no quiero volver a ser un perro faldero. Contigo he tenido dinero y lujos, pero ni tan siquiera podía tener tiempo para mi vida privada.

— Ya sé por dónde vas. Te culpas por la muerte de Tessa.

— No lo sé. Yo quiero tener una vida normal.

— ¿Una vida normal? ¿Se puede saber qué coño es eso? No te entiendo. Sabes que siempre te he valorado, y te he tendido la mano como a un hermano.

— No te enfades, hombre. Es solo que quiero cambiar.

— Cambiar, cambiar, parecéis unos críos buscando una fórmula mágica que no existe.

— ¿Quiénes? Has dicho parecéis. ¿A quien, aparte de a mí, te refieres?

— Solo he tenido dos guardaespaldas que valían la pena: el Calvo y tú. El Calvo también empezó con esas ganas de comerse el mundo, y acabó con una lesión cerebral, gracias a un disparo.

— Espero que no fuese un ajuste de cuentas tuyo.

— Mira, yo no soy violento mientras no me desafíen. Deberías saberlo.

— Sí, claro. No te tomes mi negativa como un desafío, míralo más bien como una necesidad propia de formar un nido.

— ¿Un nido? ¿Te has enamorado? ¿Quién es la "desafortunada"?

— Bueno, hay una persona, pero las cosas no van demasiado bien.

— Ya, buscándote la poli, no es buen comienzo. Y pensar que si trabajaras para mí se solucionarían tus problemas.

— ¿Eso crees?

— No lo creo, estoy seguro de ello.

— En fin, un brindis por aquellos tiempos que no volverán.

Tras el brindis un tanto forzado por parte de Cratzzo, me di cuenta de que era un hombre rencoroso. Aunque no tenía una clara idea de hasta qué punto debía tener cuidado con aquel espécimen, algo me decía que me guardase bien de él.

Finalizados los cocteles nos despedimos de manera amistosa, Cratzzo volvía a la Taberna de Los Muertos, y yo me refugié en mi pequeño antro. Antes de dormir quería analizar mi día, pero el cansancio me venció, y quedé sumido en un profundo sueño.

Capítulo 9: Realidades irreales

A la mañana siguiente me desperté temprano, aún tenía tiempo de visitar el puerto y ver en todo su esplendor al Catarsis, más tarde iría a ver al Tuerto. Antes de salir, eché mano de mi hucha particular, mis viejas y destrozadas botas eran un buen escondrijo para ocultar los pocos dinares que me quedaban. Ahora ya sabía que las Compañías Cartwright pertenecían al Lengua Sellada, aquello me indicaba que Tetrasco, por su situación estratégica, era un almacén de aprovisionamiento, para la distribución en diferentes puntos, tanto de Aquiracia como de otros países. Avancé hacia el puerto, dejándome seducir por calles inusitadas, pequeños rincones de aquella ciudad que habían permanecido anclados en un tiempo pasado, sin reconstrucciones ni mejoras. Callejuelas estrechas que sorprendían, conducían a plazas de barrios con pequeños espacios habilitados para el juego y la distracción de los niños, algunos monumentos decapitados, y verdaderas obras de arte del mobiliario urbano, trabajadas con azulejos, dónde aún se podía apreciar su estructura tal como se había concebido, todo ello me envolvía en un pasado más allá del mío propio.

Llegando al puerto me metí en un bar, del cual, en su rótulo no podía leerse más que Port... las otras letras parecían haber caído. Destartalado por fuera y por dentro, era el lugar idóneo para una persona rota, como yo. Sabía que era imposible tomar un café, así que pedí un vasito de vino, y para acompañar, unas almendras. El camarero, un hombre de mediana edad con cara de sueño, me sirvió extrañado, y mientras vertía el vino en el vaso, comentó con gran acierto en voz alta:

"Me piden zumos de tomate, ponches con huevo, leche de almendras, y lo más normal... una simple taza de café ¡ya nadie la pide!"

Interrumpí a mi camarero con cara de asombro.

— ¿Tiene usted café?

— ¡Claro! Estamos en el Port y Mar, si aquí no hay, es que no hay en ningún otro lugar. Además, es gentileza de nuestro gran benefactor: el Catarsis.

— ¿Puede usted ponerme una taza? ¿Tiene leche?

— Por supuesto, y a un precio módico de medio dinar ¿Así, le pongo el vino o solo el café con leche?

— Solo el café con leche... pero deje las almendras.

— En seguida se lo pongo, es usted el primer cliente del día.

Saboreé aquella rica taza de café con leche, intentando no pensar hasta que punto estaba contribuyendo a la corrupción y al estraperlo. Lo cierto es que el café era algo de lo que yo no podía prescindir. Durante años me había convertido en un adicto, lo reconozco, sentía que dominaba mi voluntad. Por fin, cuando aquel aroma y aquel sabor penetraron en mí, me sentí nuevo, una energía renovada invadía mi ser.

Terminado mi café tuve la tentación de pedir otro, pero no podía malgastar mis pocos dinares, así que salí de aquel vetusto bar y recorrí el paseo marítimo, mientras observaba de lejos el bullicio en los astilleros. Me acerqué al gran Catarsis para poder observar la inmensa plataforma flotante. Era impresionante y soberbia, seguramente se aproximaba a los trescientos metros de eslora por unos treinta y pico de manga, yo no había visto nada igual. Aún había espacio, y se seguían cargando contenedores. Estaba seguro de que en algunos de aquellos contenedores había material ilegal, no obstante, no tenía un resquicio por dónde hacer justicia y desentramar aquella red. La policía, mientras recibiese su porcentaje de dinero y los sobornos a altos cargos fuesen suculentos, no intervendría. Estaba claro que ningún perro muerde la mano que le da de comer. Volví el camino andado, regresando hacia la casa del Tuerto. No debía llegar tarde, pues sabía que durante el día, el Tuerto aprovechaba para hacer gestiones con sus proveedores. En realidad estaba impaciente por saber que nuevas noticias me contaría. Si la policía tenía sospechas reales, o era una maniobra para conseguir hacerme hablar de una manera semilegal en favor de los delincuentes. Llegué frente a su casa, y sin tocar el timbre, el Tuerto abrió la puerta y me hizo pasar con suma urgencia. El Tuerto parecía nervioso, antes de hablar se dedicó a correr las cortinas para que desde el exterior nadie pudiera vernos. Sentado en una butaca, de espaldas a mí, un hombre de cabellos rizados parecía esperar mientras fumaba en pipa. El Tuerto me miró con cara de pícaro, a la vez que con cierto nerviosismo, como si me hubiese preparado una sorpresa.

— Te he citado hoy aquí para que conozcas al Sr. Tucker. Este caballero ha trabajado durante tiempo para varios periódicos nacionales, aireando los trapos sucios de la policía y consiguiendo el cese de altos cargos públicos. Galardonado con los premios Ende de comunicación y periodismo, es una especie de leyenda, siendo capaz de descubrir…

Ni tan siquiera presté atención a aquella presentación. Mientras aguardaba con paciencia a que acabase su retahíla de información sobre las cualidades de su invitado, tan solo pensaba en si aquel personaje realmente sería de fiar.

Se dio la vuelta en aquella butaca giratoria, y de repente sentí como si mi alma viajase hasta mi niñez: aquel personaje era Vincent.

Nos miramos, casi escudriñándonos, parecía que la sorpresa era mutua, ni él ni yo nos creíamos que después de tantos años, volviésemos a coincidir. Casi a la misma, vez ambos exclamamos:

— ¡Dios bendito, es increíble!

— ¡No puedo creerlo!

El Tuerto quedó paralizado al oír nuestras exclamaciones.

— Te perdí el rastro el día que aceptaste un trabajo en… ¡Por Dios! ¿Dónde era?

— En Bugurna, ese fue mi primer trabajo. Me mudé hasta allí perdiendo a mis colegas. Y tu ¿Qué fue de tu vida?

Antes de que contestase a Vincent, me fijé en la cara del Tuerto, había quedado boquiabierto, pasmado de ver que aquel personaje era muy conocido para mí. Al coincidir nuestras miradas, interrumpió diciendo:

— No me lo digas… es tú primo ¿A que sí?

— No hombre, es un hermano, aunque no de sangre.

Respondí lo más rápidamente posible a Vincent para no perder el hilo.

— Mi vida… pues no hice una gran carrera. ¿Dónde te hospedas?

— Me hospedo en el Club Handman, en la zona este.

— Te debe ir muy bien, es uno de los lugares más… ¿cómo diría… de elite?

— No te voy a mentir, me fue bien. Empecé de reportero, hasta que un día la suerte me favoreció. Una noticia inesperada en el momento preciso, hizo subir mi caché por las nubes, y aquí estoy.

— ¿Has venido por trabajo?

— Bueno, se podría decir que sí, aunque es un reportaje encubierto.

— Vaya, hablas como un profesional.

— Vamos a hacer una cosa… ¿Tienes planes para esta noche? Me gustaría que me pusieras al día de todo. Si me lo permites, cenaremos en…

— Espera, espera. No vayas tan rápido.

El Tuerto volvió a interrumpir:

— Bueno chicos, sintiéndolo mucho debéis marchar. Yo tengo que salir y…

— Entiendo, no se hable más. Esta noche, sobre las siete, ven al Club Handman. Pero recuerda preguntar por Tucker.

— De acuerdo.

Los tres salimos de casa del Tuerto, Vincent se colocó un casco, dirigiéndose hacia una *CG-Zarotta* de última generación, que era toda una provocación por aquella zona. Se montó en esa moto y se despidió con un gesto de cabeza. El Tuerto me miró, esperando que le diese explicaciones, y comentó:

— Un día de estos espero que me cuentes tu vida.

— Pues espera sentado. No, en serio, no hay nada interesante en ella.

— No creo que sea así, habiendo personas interesantes en ella.

Se alejó hasta la puerta trasera de la casa y puso en marcha su furgoneta, pero al arrancar el motor, una fuerte explosión hizo saltar en pedazos partes de la carrocería, mientras el fuego hambriento se extendía por el capó. Ni lo pensé, fui a auxiliarle y encontré al Tuerto en un estado semiconsciente y bastante aturdido. Realizando ciertas maniobras, conseguí sacarlo de allí antes de que el voraz fuego engullera aquel vehículo.

— ¡Tuerto! ¿Estás bien? ¡Mírame!

— ¿Qué… qué ha ocurrido..?

— ¡Dime tú nombre!

— Yo… soy… no sé… no recuerdo… mi nombre… soy…

— Está bien, tranquilo. Te voy a llevar al hospital.

Pasadas unas tres calles se encontraba la clínica del Dr. Seguí. Durante años había sido una clínica privada, pero debido a los tiempos de guerra, aquella institución había dado ejemplo, siendo solidaria con aquellos con menos recursos, atendiendo dentro de sus posibilidades instrumentales, y con sus médicos especialistas, a cualquiera que necesitara cuidados urgentes. Cuando llegué con el Tuerto en mis brazos, un comité de enfermeros salió a mi encuentro con una camilla, oxígeno, y otros instrumentales, llevándose al Tuerto sin dilación al interior. Pasé a la recepción para proporcionar datos sobre el paciente. Sin embargo, me di cuenta de que no tenía mucha información sobre él, ni tan siquiera sabía su nombre. Opté por dar la dirección de La Taberna de los Muertos, era el lugar dónde podrían averiguar sus datos por medio de Cratzzo. Esperé en una sala impersonal, muy típica de los centros sanitarios. Mientras miraba a las personas que había en mi misma situación, traté de no pensar en el Tuerto, concentrándome en Vincent.

Habían pasado muchos años, el día que se marchó fue un poco a la aventura, su tía le había dado algunos dinares para que no pasara calamidades. Un diario de poca repercusión necesitaba un caza noticias, y ahí estaba él, dispuesto a luchar por ese puesto. Durante los primeros dos meses recibimos, tanto su tía como nosotros en casa, pocas noticias sobre él. Sabíamos que estaba trabajando, y que aunque no era un camino de rosas, Vincent tenía muy claro lo que quería. Las cartas fueron disminuyendo en el tercer y cuarto mes, hasta el sexto, en la que su tía recibió una carta muy alegre de Vincent, dando a conocer la noticia de que se había ganado el estar en plantilla de manera indefinida. Tras los dos primeros meses yo también me había empezado a distanciar, supongo que entre que Bruno había desaparecido, y que Vincent tenía un empleo fijo y no volvería por aquí, dejé de escribirle. De alguna manera, creí que el traslado de Vincent había causado la desaparición de Bruno, no como causa principal, pero si como consecuencia, y de forma inconsciente le culpé por ello.

Un médico apareció frente a mí, poniéndome al día sobre el estado de salud del Tuerto.

— Hemos estado haciendo pruebas, y sus lesiones son reversibles, parece que su estado mejorará en cuestión de horas, pues ya ha recordado su nombre, edad, y a usted. Sin embargo, no recuerda el acontecimiento que ha provocado su ingreso en urgencias.

— Siga doctor.

— Hasta mañana no podremos valorar más sobre su estado.

— ¿Puedo verle?

— No, en estos momentos está sedado y no es conveniente, quizá mañana, dependerá de su evolución.

— De acuerdo. Volveré mañana, doctor. Gracias.

Salí de la clínica y fui directo a casa para adecentarme. Aunque por una parte no tenía ganas de ir hasta el club Handman, había dado mi palabra, y era una oportunidad única para saber de Vincent.

Caminé por la avenida principal, para no liarme hasta llegar a la zona Este. El Club Handman gozaba no tan solo de una reputación inmejorable, sino que además, dominaba las vistas más comerciales de una gran parte de la ciudad. Situado en una colina, parecía recordar al ser humano que el hombre es perecedero. Nadie en su sano juicio llegaba allí andando, excepto yo. La elevada cuesta parecía estar en mi contra. Cuando conseguí llegar a la entrada principal, deduje que había sido un iluso al cambiarme de ropa, ya que por el sudor había quedado empapado. El botones me miró con cierto desprecio, supuse que en ese lugar un hombre como yo debía parecer un indigente pero no me importó. Entré hasta la recepción, y ni corto ni perezoso, pregunté por el Sr. Tucker.

El recepcionista me miró de arriba abajo de una manera poco cortés, y con cierta desgana me preguntó que a quién debía anunciar, sin embargo, aunque me molestó todo en su conjunto, me mordí la lengua. El cansancio ocasionado por aquella caminata insufrible había podido con mi alma, y no tenía ni un atisbo de energía para gastar con aquel empleado, que por otra parte, seguro que estaba siguiendo las normas establecidas contra la muchedumbre poco selecta.

Pasaron unos segundos, y tras hablar por teléfono y colgar el auricular, el recepcionista me regaló una sonrisa de anuncio de dentífrico, y con toda amabilidad y cortesía llamó a un botones para que me indicase el bar, dónde me encontraría con Tucker. Siguiendo sus pasos hasta una sala amplia, decorada con infinidad de cuadros renacentistas, observé la desigualdad que representaba estar entre aquellas personas trajeadas, que ostentaban sus joyas y su bienestar, a quienes la guerra parecía no haberles afectado. Aunque me recordaba a los mejores años que pasé con Cratzzo, había un abismo entre aquellas personas de verdadera clase alta, y esas otras de mi pasado, a las cuales sus grandes fortunas se debían a las extorsiones y la venta de mercancías ilegales. El sonido de una balada detuvo mis pasos, y con cierta curiosidad miré al piano, que en medio de aquella estancia exhibía su privilegiado lugar, mientras unas finas manos de mujer acariciaban sus teclas, y que con una melodiosa voz, deleitaban aquel ambiente. El botones se paró unos segundos, mirándome, y para no hacerle esperar, seguí tras él hasta la barra del bar. Me indicó gentilmente que en unos minutos el Señor Tucker aparecería, y se retiró sin dilación.

El camarero tras la barra me preguntó que deseaba beber, y con la cara desencajada, opté por reclinar aquel ofrecimiento. Tenía claro que hasta las bebidas más baratas allí podían ser a precios desorbitados. No tardó mucho en aparecer Vincent por la entrada principal, su porte era desenfadado pero elegante, desde lejos, me sonrió con cierta complicidad.

Vincent, en aquel momento, me recordó a un director de cine con pinta de intelectual. Era una mezcla muy seductora para cualquier dama, y no iba muy desencaminado ya que en aquellos escasos metros que nos separaban, se detuvo un par de ocasiones para saludar a ciertas personas, que al verlo entrar, quisieron saludarlo. Vincent poseía un carisma innato, que se había acrecentado con la edad, potenciándolo de manera inconsciente en todas sus facetas. Por fin llegó hasta la barra, y aún con esa característica sonrisa italiana, me abrazó.

— ¿No habrás pedido nada verdad?

— Claro que no ¿Por quién me tomas?

— Ven, quiero presentarte a …

— Espera, para el carro, no he venido a hacer vida social. Además no estoy presentable, mírame.

— Yo te veo bien, bueno, un poco más delgado, y con alguna cana que te hace más interesante.

— Bah, no, en serio, no tengo nada que ver con esta gente.

— De acuerdo, hagamos un trato: sales a la terraza y me esperas allí.

— Está bien.

La terraza estaba desértica, vacía, aunque sus vistas eran para maravillarse, ya que se podía ver el mar como telón de fondo. Pasaron unos minutos, y tal y como dijo Vincent, apareció, aunque acompañado de una joven de unos treinta años, rubia, de cabellos ondulantes, tez clara, figura esbelta, con una belleza serena, y una mirada penetrante. Sin preámbulos, Vincent rompió el hielo de forma informal.

— Lo siento, ha insistido. Malcom, esta bella señorita es Jordana Fungus, mi prometida.

— Encantado señorita Fungus ¿Cuándo se ha dejado embaucar por este bribón?

— Encantada Malcom, y ¡por Dios! llámame Jordana. Para mí es un placer por fin conocer a un gran amigo de Vincent, sé que ahora debéis tratar asuntos, así que espero verte esta noche para cenar, y así podré desentramar el pasado de mi futuro esposo.

— Malcom, no se te ocurra decirle que no, o me castigará.

— Está bien Jordana, nos veremos esta noche.

Jordana se retiró entrando de nuevo en la sala, sentándose junto a dos o tres personas que debían ser familiares. Sus movimientos, gentiles y elegantes, denotaban su alta clase social. Aún seguíamos mirándola cuando le pregunté:

— ¿Te han cazado? Vas a tener que explicarme muchas cosas, por lo que veo.

— Sí... ¿es preciosa... verdad? Pero salgamos de aquí, sé de un café bastante asequible, y no te preocupes, que todo corre de mi cuenta.

— En cuanto a la cena...

— He dicho que todo corre de mi cuenta. ¡Anda, vamos!

Rodeamos la terraza hasta llegar a unas escalinatas que llevaban a la puerta principal. Un botones, nada más vernos, acudió preguntando al Sr. Tucker si deseaba la CG o el Bentoch. Quedé perplejo, el Bentoch era un coche de coleccionista, tan sólo se habían fabricado de forma limitada. Vincent, de manera correcta y con toda sencillez, le indicó que no hacía falta, que el mismo iría a buscar el coche.

Bajamos a un parking, aunque más que un parking parecía una exposición de coches. Quedé aturdido de ver tales preciosidades, pero intenté no demostrarlo. Llegamos a su plaza y allí estaba ese Bentoch, color berenjena reluciente, y con aspecto inmaculado. Nos subimos a él, y mirándome de manera pícara, Vincent comentó:

— No te creas que soy un manirroto, este Bentoch fue un regalo de mi futuro suegro.

— ¡Tener un suegro así da gusto!

— No todo son rosas en el valle, he tenido que demostrar que soy muy bueno para su hija, y no es mi estilo ser un lameculos.

— ¿Dónde vamos?

— A mi pequeño refugio.

Aunque el Bentoch podía correr mil veces más, Vincent conducía aquel bellezón como lo haría un abuelo.

Entró en un parking subterráneo, dejándole las llaves al guarda de aquel recinto por si era necesario moverlo. Salimos hasta el exterior, y tras dar cuatro pasos entramos en un local llamado Miaus Riaus. El espacio era reducido y sencillo, con una decoración tan mínima y corriente que nada parecía sobresalir del resto, tenía unas cuatro mesitas redondas de mármol dónde algunos de los clientes jugaban al dominó, otros a cartas, y algunos al tres en raya. No dije nada, aunque quedé bastante extrañado de que Vincent hubiera escogido ese lugar para nuestro encuentro, pero en seguida salí de dudas.

Tras la barra, un camarero fornido, de unos cuarenta años, atrajo nuestra atención. Vincent se acercó a él, y ambos intercambiaron algo entre sus manos. Quedé intrigado, pero esperé a que se decidiera a explicarme algo, nuestra confianza había quedado en un tiempo pasado, cuando éramos críos, y pensé que sería muy osado involucrarme en sus asuntos. No tardó en llegar aquella ansiada explicación.

Nos sentamos, aprovechando que una de las mesas se vio libre al marchar una pareja de ancianos. Entonces, me explicó lo siguiente:

— Este bar es mi lugar de confidencias en Tetrasco.

— ¿Confidencias de todo tipo? ¿O solo profesionales?

— Verás, el camarero suele trabajar de confidente, y a mí me proporciona algunas informaciones que son vitales para poder estar en el momento y el lugar perfectos.

— Ya, bueno, y cambiando de tema… ¿Qué hacías en casa del Tuerto?

— El Tuerto, como tú lo llamas, me llamó hace unos días. Al parecer hay una oleada de muertes en esa zona.

— ¿Te llamó? ¿Con que intención?

— Cuando destapo la mierda, aireándola, se suele hacer justicia.

— ¿Justicia? ¡Estás de broma!

— Quizá sea justicia entre comillas, pero al fin y al cabo…

— ¿Y el Tuerto pensó que yo podía darte información?

— No lo sé, me dijo que un tal Sombra era quien sabía más de todo aquel asunto maloliente, y apareciste tú.

— ¡Vaya! ¿eso dijo?

— Deduzco que tú debes ser el Sombra.

— Deduces bien, Sherlock.

— Bueno. Soy todo oídos.

— No sé por dónde empezar.

— Empieza por el comienzo, suele ser el camino más rápido.

Permanecimos muchas horas enfrascados en aquel relato, remojándonos el gaznate con una botella de whisky. Terminada aquella historia surrealista, Vincent parecía estar cavilando.

— Y dices que Bruno estaba trabajando para la poli infiltrado en las filas del Lengua Sellada?

— Eso dijo.

— Vaya, vaya, con Bruno.

— ¿Por qué utilizas ese tono reticente?

— No lo veo claro, pero no me hagas caso. Investigaré antes de decirte algo de lo que no estoy completamente seguro.

— Brindemos antes de volver.

— Por cierto, si tienes las piezas de coral, sé quién puede pagarte mucho por ellas. Mi suegro es coleccionista de coralinas.

— Me iría genial poder canjearlas.

— No se hable más, intercederé para que pague un buen precio. Ahora deberíamos ir al Club Handman, allí nos mudaremos para ir a cenar.

— Yo no tengo…

— Mi ropa te quedará como un guante.

Volvimos al parking, montándonos en aquel pedazo de ingeniería del Bentoch. Mientras salíamos del parking, Vincent me comentó:

— Sabes, lo cierto es que no estoy muy convencido de casarme con Jordana.

— ¿Y eso?

— Su padre… en sí… toda su familia: no les soporto.

— Pero no te casas con su familia, sino con ella.

— No creo estar enamorado. Es preciosa y gentil, pero no, no estoy enamorado de ella.

— ¡Vaya don Juan! ¿Y cómo coño te has metido en ese berenjenal?

— No lo sé, una cosa llevó a otra, y me dejé seducir por la idea de una vida tranquila, sin preocupaciones.

— Dios, como me suena esa canción. ¿Y que piensas hacer? ¿Casarte sin estar enamorado?

— Pensaba decirle hoy a Jordana…

— Ni hablar. Estando yo delante ni se te ocurra.

— No hombre, cuando ya te deje en tu casa.

— ¡Pues vaya momento escoges! ¡Creerá que te he influenciado!

— No, ella sabe que no vamos tan bien. Ya hemos discutido sobre el tema, solo que le dije que esperásemos unos meses.

— Bueno Vincent, tú sabrás, yo en líos de faldas no soy buen consejero.

— Bueno, tú pareces haber encontrado a tu dama.

— Sí, mírame, aquí contigo, y ellas en una mísera cueva.

Llegamos al Club Handman, y el aparcacoches se ocupó de guardar el Bentoch. Ya en la habitación, me quedé contemplando aquella cama que tenía aspecto de ser reconfortante, pero Vincent me hizo pasar a la ducha mientras buscaba un traje para mí. Cuando estaba en la ducha, me hubiera gustado recrearme con aquel chorro de agua potente y caliente que relajaba mi piel, pero los avisos de Vincent sobre la hora de la cena y sus prisas, me impidieron poder dilatar el tiempo.

Mientras me vestía, Vincent se duchaba, y tras unos cinco minutos, ambos estábamos niquelados para aquella cena.

Bajamos hasta el salón, observé que nadie, ni el barman, ni el recepcionista, ni el botones, parecían fijarse en mí. Supuse que aquellas vestimentas más adecuadas me hacían pasar inadvertido, como si fuera un miembro más de aquella jungla.

En el salón, Jordana esperaba nerviosa. Deseaba hablar con nosotros antes de que llegara su familia. Vincent había tomado una determinación, y a Jordana no pareció sorprenderla. Aunque le dolía, tenía la frialdad de poderse tomar las cosas con elegancia. Así que tomó la decisión de ser ella quien anunciase la ruptura. Me parecía increíble la templanza de Jordana, pues al mismo tiempo seguía estando interesada en Vincent y en su amigo misterioso, que así me había bautizado. Durante media hora, hablamos de los viejos tiempos, de la muerte de mi padre, de la tía de Vincent, y de Bruno. Jordana seguía nuestra conversación con interés. Eso, y su temperamento alegre, me hizo pensar que entre ambos había una gran amistad, pero les faltaba un ingrediente para ser pareja y casarse: el amor.

Los familiares de Jordana llegaron juntos, su padre su madre y su tío. Acabadas las presentaciones de rigor, empezamos a cenar. La conversación fue amena, Vincent comentó al padre de Jordana mi posesión de tres coralinas, y este se mostró muy interesado en comprarlas, quedando en mostrárselas para un escrupuloso análisis. Todo parecía ir bien, hasta el momento de los postres, dónde Jordana, para no dilatar aquella situación, interrumpió anunciando la anulación del compromiso.

Su padre parecía enfadado, su madre, tan fría como el hielo, solo se miraba las uñas, y su tío observaba a Vincent.

Tras unos segundos de silencio, que fueron incomodos y tortuosos por la situación, el padre de Jordana miró la carta de postres, y preguntó a su esposa si deseaba compartir un tiramisú de cerezas, ella asintió, y Jordana comentó que era una buena elección,

178

preguntando a su tío si le parecía bien que ellos dos siguieran el ejemplo, su tío también asintió, y Vincent y yo compartimos un postre de músico. Acabada la velada nos retiramos formalmente, y Vincent, antes de despedirse, habló a solas con Jordana para darle las llaves del Bentoch. Ella hizo ademán de no quererlo, pues había sido un regalo, pero Vincent insistió, consiguiendo que ella las aceptase.

Capítulo 10: Apuestas y pérdidas

Para acompañarme hasta Tetrasco, en esta ocasión cogió el único vehículo que si era de su propiedad, la *CG-Zarotta*, sin embargo, y para mi sorpresa, su manejo y conducción eran de experto, y tanto en rectas como en curvas su velocidad vertiginosa me dejó sin aliento. En menos de siete minutos estábamos frente a mi hogar. Decidí explicarle lo ocurrido con el Tuerto, y mi propósito de ir a la clínica al día siguiente. Vincent insistió en acompañarme, recordándome coger las coralinas para que pudieran ser evaluadas.

Durante la noche me costó dormir, mi mente inundada de acontecimientos se volcó en el Tuerto. Desde que había regresado a Tetrasco, él había sido un apoyo en más de una ocasión, y con total seguridad esa explosión había sido en recompensa a su fidelidad para conmigo.

A la mañana siguiente, entré en la ducha e intenté auto convencerme de que aquel chorro helado, era caliente como el de la habitación de Vincent, Pero la auto sugestión no me dio resultado, y no duré bajo la ducha más que lo imprescindible. Ya vestido, salí directo hasta la clínica. Había acordado verme con Vincent en los jardines frente al recinto. Vincent ya estaba allí, regalando su sonrisa campechana, avancé hasta él, y antes de poder saludar preguntó por las coralinas:

— ¿Las has traído?

— Bonita manera de saludar ¿Si he traído el qué?

— Ya lo sabía, sabía que te ibas a olvidar de traer las coralinas.

— Anda que menuda confianza tienes en mí ¡Toma, aquí las tienes!

— Perfecto, hoy mismo las entregaré para calcular su valor. Que tal si tomamos un…

— ¿Café? Sí, eres un crack.

Cerca de la clínica encontramos una cafetería de bastante tránsito, los trabajadores de los negocios colindantes reponían fuerzas con buenos almuerzos a precios asequibles. El local era mediano, repleto de carteles de almuerzos, de tipo pack, cada uno con su precio, ofreciendo desde una malta y una pasta hasta un plato de alitas de pollo en salsa , ensalada, y un refresco. Nosotros pedimos el único sustitutivo al café: la malta. Sentados en una mesa, tomando aquel brebaje, volví a tener una regresión, imaginándome que estaba en aquel bar del puerto, cuyo nombre no recordaba en ese momento, saboreando un buen café con leche. Vincent no parecía ser tan picajoso cómo yo, su sonrisa no conseguía enturbiarse ni tan siquiera al paladear aquel líquido.

— Veras como consigo muchos dinares por tus coralinas.

— Me iría perfecto, porque mi economía es precaria.

— Por cierto ¿Qué planes tienes tras ver a tu amigo el Tuerto?

— Pensaba ir a ver a las chicas, llevo ya varios días sin saber nada de ellas, y es posible que necesiten algo.

— Vamos a hacer un trato: yo te llevaré, si primero me acompañas.

— ¿Dónde?

— Primero a llevar tus piedras a valorar, y segundo a un bar, dónde tengo que contactar con un personaje para corroborar cierta información.

— ¡De acuerdo! Pero… ¿No se hará muy tarde?

— Tranquilo, en lo que más podemos tardar es en obtener una buena oferta, y coincidirás conmigo que el más interesado en esto debes ser tú.

— ¡Está bien! ¿Siempre consigues lo que quieres?

— Normalmente, sí.

Al entrar en la clínica nos dirigimos a la recepción, una señorita de veinte y pocos se quedó mirando, esperando para atendernos, y de repente recordé que no tenía ni idea del nombre del Tuerto. Por suerte, Vincent, con una sonrisa de oreja a oreja, y con cierta picardía, intervino sacándome del apuro

— Señorita, ¿me puede indicar en que habitación se encuentra el Sr. Nilon?

— Por supuesto, es la habitación 208. Si van por este pasillo, al girar a la izquierda verán que es la última del corredor.

— Muchísimas gracias, ha sido usted muy amable.

— No hay de que caballero, estamos aquí para ayudar.

Mientras nos alejábamos de la recepción, Vincent reía para sus adentros, sabiendo que sin su intervención hubiera estado perdido. Siguiendo las indicaciones de aquella joven, encontramos la habitación 208. La puerta se abrió, y el médico que le había atendido el día anterior salió al pasillo. Al reconocerme, vino hacia nosotros y me comentó:

— He hecho un reconocimiento exhaustivo y no he encontrado ningún motivo para retenerle, en sí voy a firmar el alta médica.

— Gracias doctor.

Entramos en aquella habitación, y el Tuerto nada más vernos, se alegró mucho.

— ¿Sabes que el médico me manda para casa?

— Sí, eso me ha dicho. Lo cierto es que es un alivio que estés bien.

— Recordé la explosión, y mi parálisis momentánea. Menos mal que tú me sacaste de aquel horno.

— Bueno, tú me llevaste a tu casa y me cuidaste, por tanto, quid pro quo.

— Sr. Tucker, es un placer volver a verle ¿ya ha recopilado datos sobre el asunto?

— Estoy en ello Sr. Nilon. Me alegra ver que está usted sano y salvo.

— ¡Y por Dios! ¿A que está esperando?

— Está bien, ya nos vamos

— ¡Vaya genio tienes! ¡Para una visita que te hacemos!

— Agradezco la visita, pero no estoy cómodo estando aquí, y prefiero que ambos hagan cosas más útiles.

La visita había sido corta, el Tuerto era un hombre activo, de acción, el verse estirado en una cama con dos personas mirándole le hacía sentir incómodo.

De nuevo en la *CG-Zarotta* emprendimos viaje ¿Hacia dónde? No lo supe hasta que llegamos al barrio Blanco. Le llamaban barrio, pero tan solo formaban parte de él, tres calles adyacentes: la calle del nácar, la del alabastro, y la del mármol, dónde la mayoría de comerciantes trabajaban estos géneros. Entramos en una pequeña tienda, oscura y repleta de estatuas, figuras decorativas, y lápidas. No pude contenerme, y le comenté a Vincent que me parecía pronto para escoger, él me miró con complicidad, asintiendo comprendiendo mi pequeña broma.

Tras pasar los umbrales de dos cámaras, vimos a un hombre con aspecto raquítico y manos huesudas, abstraído y concentrado observando una pequeña pieza muy de cerca, a través de su monóculo con luz,. Sin distraer la mirada nos dio los buenos días, nos ofreció asiento justo frente a su mesa, y añadió que en unos segundos estaría por nosotros. Mientras aquel hombre seguía escrutando aquella pieza, me fijé en su aspecto: era físicamente un hombre débil, huesudo, y menudo, su poco cabello fino y lacio apenas cubría una parte de su cabeza, su nariz alargada y fina, junto con su mentón, le hacían parecer un ser irreal, una mezcla entre un hombre y un elfo de los bosques. Terminado su trabajo, guardó la pieza de forma escrupulosa en una cajita de metal, añadiéndole una etiqueta y almacenándola en un cajón bajo su escritorio.

— Perdonen ¿En qué puedo ayudarles?

— Verá, necesitamos un informe suyo sobre la calidad de estas tres piezas. Es para el Sr. Fungus.

— Podrían haberme dicho que venían de parte del Sr. Fungus ¡Traigan, las valoraré ahora mismo!

— No se preocupe, esperaremos lo que sea necesario.

Aquel hombrecillo se había puesto nervioso, el Sr. Fungus debía ser uno de sus mejores clientes, y hacerle esperar podía ser contraproducente. Un pensamiento vino a mí cabeza: Fungus me parecía un apellido grotesco, y con sorna le dije a Vincent.

— ¡Así que has roto con la Srta. Fungus! ¡Hongos!

No pude remediarlo, y me eché a reír.

— ¡No seas imbécil, Malcom!

Pude entrever, por su tono y por su cara, que aquel mal chiste había sido muy inapropiado.

— Perdooona, era solo una broma.

— Ya cállate.

El tasador no parecía estar escuchando nuestra conversación, aunque no distaba ni medio metro de nosotros. Cuando acabó con la primera coralina, apuntó en una hoja sus conclusiones, guardando la pieza en una cajita, y etiquetándola. Esa operación la repitió dos veces más, mientras yo permanecía callado.

Finalizado su trabajo, nos entregó las tres cajas y su informe, nos miró fijamente, y comentó:

— Son buenas piezas. Tan solo una de ellas posee un defecto minúsculo.

— Muchas gracias por su trabajo.

187

— No hay problema, para el Sr. Fungus, lo que requieran.

Ya estábamos haciendo ademán de salir, cuando aquel hombre, frunciendo el ceño, inquirió:

— Debería usted saber que el apellido Fungus es muy antiguo.

Quedé avergonzado, y antes de poder decir una sola palabra más, Vincent, con cara de circunstancias, me agarró del brazo sacándome de allí.

Omitimos aquel incidente, y de nuevo emprendimos viaje. Durante aquel trayecto me relajé, y cuando llegamos al Club Handman, antes de entrar, Vincent me advirtió:

— No hables, no digas nada, un hola y un adiós gracias, bastará.

— De acuerdo, pero yo…

— Ya lo sé.

Pasamos a una sala llena de libros. Allí, muchos de los huéspedes solían recrearse en obras clásicas y modernas. Ejemplares incunables, y libros de gran fama, dejaban sus almas al desnudo, esperando su turno. El Sr. Fungus permanecía al final de la sala, muy cerca de la gran vidriera, por dónde la luz, veleta y juguetona, filtraba su espectro tras el esmerilado de suaves tonalidades de lacados armoniosos. Mientras nos acercábamos, observé al Sr. Fungus, parecía abstraído en sus pensamientos, quizá proyectados por algunas líneas de un manuscrito de origen francés, concretamente de Voltaire, que en esos momentos aprisionaba entre sus manos. Nuestra presencia le tornó a la realidad, y con una sonrisa comedida, nos saludó:

— Celebro verles tan pronto.

— Sr. Fungus, tenemos un informe completo sobre las coralinas.

— ¿Me permiten echarle un vistazo?

— Por supuesto. Tenga, está realizado por el tasador del barrio blanco.

— Es uno de los mejores profesionales que conozco, y jamás he tenido queja de su precisión.

Observó aquellos informes, leyéndolos con gran interés. Mientras tanto, Vincent y yo esperábamos de pie, junto a él. Tras una primera lectura, nos comentó:

— Por lo que leo aquí, son piezas muy completas ¿Si las lleva encima, me permitiría apreciarlas?

— Aquí las tiene.

En aquel momento su semblante se iluminó por completo, fascinado por su tacto y transparencia. Apareció un brillo en sus ojos mientras contemplaba las tres coralinas y las sostenía entre sus manos.

— ¿Sabe que tienen poderes curativos? Aunque la verdad no es por esa virtud por la que muestro interés. Veamos, voy a darle un precio tirando a la alza, lo más seguro es que sea mayor al que pueda encontrar en el mercado. ¿Qué le parece tres mil dinares por cada una?

— Me parece una cifra maravillosa.

— No quiero engañarle, aquí hay una por la que solo le podría dar dos mil, sin embargo, las otras dos valen cuatro mil cada una, por tanto son diez mil dinares. Creo que es un precio justo.

— Desde luego es mucho más de lo que pensaba.

— No se hable más, pues. Celebro haber hecho negocios con usted.

Tras un apretón de manos, que simbolizaba el cierre del trato, abrió su cartera sacando un montón de billetes, los contó, y los extendió hacia mí. Aquel gesto en él era simple y habitual, sin embargo, por un momento, cuando mi mano estaba a medio camino, temblorosa como una hoja, dudaba en recoger aquella cantidad. La seguridad en su mirada acabó convenciéndome, asiendo aquel manojo de billetes.

Antes de salir del recinto, sentí que ni tan siquiera con aquella cantidad ingente, podía sentirme parte de aquellas personas, que manejaban esas cantidades como si fueran calderilla.

Volvíamos a subirnos a la *CG-Zarotta,* para trasladarnos al lugar dónde Vincent debía entrevistarse con un personaje, que le daría cierta información para su trabajo. Tras recorrer varios kilómetros, llegamos al Mono Sediento. Vincent me dijo que esperase en la moto, pues tan solo necesitaba que le proporcionasen una dirección. En cuanto salió, volvió a montarse en la moto, y condujo un par de calles. Aparcó la moto, y entramos en un edificio destartalado, la enorme nave aún guardaba varias cadenas de montaje, sus enormes ventanales circundaban todo su diámetro, llenando toda el área de luz natural. En un altillo se ubicaba lo que un día no muy lejano, había sido la oficina. Un archivador destrozado mostraba antiguas nóminas, junto con pedidos vencidos de proveedores. Vincent insistió en ir al sótano, al parecer, había pasado de ser un almacén a un lugar de juego, en el que traficantes menores, habían montado varias mesas habilitadas para el póker de cartas y de dados. Al bajar las escaleras, intentamos a tientas dar con los interruptores de la luz, pero sin suerte. Vincent llamó en voz alta:

— ¡Sr. Colosi! ¿está usted ahí?

— ¿Has quedado con Capitán Loco?

— No… he quedado con el Sr. Colosi

— Si, Heracles Colosi.

— ¿Le conoces?

— Sin duda.

El edificio estaba vacío, nadie contestaba, sin embargo, Vincent insistía en que allí debía encontrarse con Heracles Colosi. El sótano estaba demasiado oscuro, a duras penas conseguíamos tantear el mobiliario. Vincent recordó que en la moto llevaba una linterna y fue a buscarla, dejándome allí, esperando. Cuando Vincent llegó, exploramos el sótano, y gracias a la linterna encontramos el interruptor de la luz.

La luz nos descubrió la amplitud del recinto, aquel lugar había sido abandonado a su suerte. Sin embargo, descubrimos sentada en una silla, de espaldas a nosotros, una figura humana. Sí, estaba seguro, era Capitán Loco. Nos acercamos hasta ponernos frente a él.

Reposando en la mesa, entre sus manos, un cartel anunciaba: "CUANDO SE APUESTA FUERTE SE PUEDE PERDER HASTA LA VIDA".

La rigidez de su cuerpo indicaba que llevaba casi un día entero en esa posición, una sola carta de tarot asomaba en un bolsillo de su camisa: "el mundo". No obstante, parecía haber muerto en paz, sin demonios aparentes, dejando que la muerte se lo llevase, sin oposición ni resistencia. Su semblante había mirado a su asesino, frente a frente, como a un hermano. Una botella derramada de Nembutal, junto con un vaso de jugo de frutas, y varias pastillas antieméticas esparcidas entre la mesa y el suelo, delataban un suicidio, pero yo sabía que Heracles Colosi no tenía prisa para dejarse llevar por la muerte. De alguna manera, había accedido a tomar aquel brebaje para evitar una muerte mucho más cruel. Vincent quedó paralizado, mirando fijamente el cadáver. Parecía estar escrutando sus ojos, esperando una respuesta o una pista que le permitiese seguir su investigación. Yo tan solo quería desaparecer de allí, pero de repente me di cuenta de que Capitán Loco había mantenido los ojos abiertos, algo bastante difícil al tomar un cóctel mortal que inducía al sueño, quizá si conseguíamos saber el lugar exacto donde su mirada quedaba congelada en el último instante, podría esclarecernos alguna cosa.

La pared frontal parecía desnuda, nada había allí que delatase al asesino, sin embargo, Vincent quedó como hipnotizado mirando las manos del cadáver: tan solo su mano izquierda parecía apuntalar aquel letrero, y su dedo índice soterraba una parte de la primera palabra, en concreto, la letra C. Antes de salir de allí, traté de cerrar sus ojos, pero no lo conseguí.

Vincent parecía ensimismado, al principio creí que el ver la muerte podía haberle afectado, pero era absurdo. Vincent había trabajado en noticias y reportajes donde la muerte era la protagonista.

Salimos de allí casi sin mediar una palabra entre nosotros, pero en seguida que nos dio el aire, nos miramos intrigados.

— ¿Pero tú de que le conocías?

— Era un viejo conocido: él enroló a los marineros, y fue el capitán en la aventura del secuestro.

— ¿Y tú?

— Me dejaron una nota de parte de Heracles Colosi en el diario, debía darme información.

— Siempre será un hombre admirable para mí. En realidad, me hubiera gustado conocerle mucho más a fondo.

— Pues ya es tarde para eso, pero… necesito saber que vas a estar seguro. Esta historia huele a podrido.

— ¿Crees que podrás averiguar quién está asesinando a destajo?

— Lo intentaré. Y tú, lo mejor que puedes hacer es resguardarte en un lugar seguro. Bien, si deseas que te lleve, ya puedes indicarme por dónde.

— Cuando llegues a la comarcal, pilla el tercer desvío.

Ir en moto era un alivio, el viento golpeaba mi frente, las pocas lágrimas que no había mostrado delante de Vincent por "mi capitán", ahora nada más escaparse, se disipaban, secándose antes de poder hacer el recorrido propio. Capitán Loco no había querido esconderse, supuse que esa opción había sido utilizada muchos años atrás en su vida, cuando decidió vivir en Tetrasco sin identidad. En su última partida, había enseñado sus cartas, sin marcarse un solo farol, al descubierto, perdiendo con elegancia.

Para Vincent tan solo era una historia a seguir, hasta llegar a desmadejar aquel enredo, para encontrar al culpable. Supuse que nos veía como títeres, sin decisión ni empuje para modificar los planes trazados.

La *CG-Zarotta* valía su peso en oro, había conseguido subir aquel camino de cabras sin contratiempos. Las chicas, al escuchar el motor, asomaron sus cabecitas, intrigadas.

— ¡Ha vuelto! ¡Newen, ya ha regresado!

Nereida parecía fuera de si misma. Newen salió de allí con el impulso de una bala para recibirme, pero al ver a Vincent, disminuyó su carrera, esperando a medio camino. Nereida la cogió de la mano, y siguieron andando hasta llegar a nosotros.

— Os voy a presentar a un viejo amigo mío, se llama Vincent.

— Encantada

— Lo mismo digo.

Newen sonrió con aire triste, y Nereida bajó la mirada, demostrando su timidez. Pregunté por Wayra:

— ¿Dónde está la inconformista respondona?

— Está… está…

De repente los ojos de Newen y de Nereida se inundaron de lágrimas, y ninguna de ellas consiguió acabar la frase. Entré en la cueva buscando a Wayra. Aquella escena que mis ojos contemplaron me sobrecogió. Wayra estaba abrazada a un pequeño bulto, envuelto en una manta. Había manchas de sangre, y un olor muy desagradable flotaba en el aire. Antes de poder reaccionar, Newen se acercó a mí y me comentó al oído:

— Ha ocurrido esta noche, llevaba unas once semanas. Ha empezado con hemorragias, hasta que el feto ha salido. No ha conseguido respirar, creo que no estaba del todo desarrollado, y… no hemos podido convencerla de que lo suelte.

Me había quedado mudo, la imagen de Wayra abrazando un bulto sin vida, meciéndolo cerca de su pecho, ajena a la realidad, era una escena escalofriante. Me acerqué a Wayra, pero ni por un momento desvió su mirada de la mantita que envolvía, casi en su totalidad, a su hijo muerto. No sabía que podía decir para alejarla de su ensimismamiento. Con mis tripas revueltas por aquel hedor intenso, acerqué mi mano a la cabeza del feto. Wayra me miró sin expresión y dijo:

— Este es mi momento.

— Wayra, él debe descansar, y en tus brazos no puede hacerlo.

— ¿Por qué?

Antes de que pudiese responder, Vincent, que había estado mirando desde la entrada aquella escena, se acercó a nosotros, y arrodillándose frente a Wayra, contestó:

— Porque ha sido escogido, y le esperan en un lugar inigualable, dónde no necesita nada de ti, ni de este sitio.

Wayra miró de manera fija a Vincent, al tiempo que parecía ceder la fuerza con la que agarraba a su hijo, hasta que lo dejó en su falda. Miré a Newen, que sorprendida, se tapaba la boca para no emitir sonido alguno, mientras Nereida la abrazaba desde atrás. No me atreví a tocar al pequeño, por miedo a que Wayra se arrepintiese de haberlo soltado. Pero Vincent alzó su mano y acarició la cara de Wayra, dulcemente, transmitiéndole seguridad y confianza. Sin ni una sola palabra, Wayra agarró a su pequeño y se lo entregó a Vincent, al tiempo que miles de lágrimas afloraban de sus ojos.

Vincent cogió con sumo cuidado aquella mantita de escasas dimensiones, y siguió mirando a Wayra, esperando a que ella estuviera lista para incorporarse. Ambos permanecían mirándose. Wayra se movió y empezó a incorporarse, apoyándose en los hombros de Vincent. Cuando ya estaba de pie, Vincent le pasó a su bebé, y se incorporó también. Salieron de la cueva y anduvieron unos metros, parando en una explanada llena de amapolas. Aquel era el lugar apropiado para enterrar el pequeño cuerpo. Vincent y yo empezamos a cavar con nuestras manos, y Newen y Nereida se unieron también.

Wayra sostenía el cadáver, templado solo por el propio calor que su cuerpo le transmitía.

Nuestras manos trabajaban con ahínco, mientras el atardecer nos apremiaba con una puesta de sol, que pasaba del espectro naranja al rojo, entremezclándose, regalándonos la más bella estampa imaginable, mientras, las amapolas parecían tintinear con la suave brisa.

Newen y Nereida se encargaron de adecentar a Wayra, mientras Vincent y yo aireamos todos los enseres, junto con las mantas de la cueva.

En mi cabeza muchos pensamientos se agolpaban, Wayra había perdido aquel bebé por mi culpa, no había excusas, no me lo perdonaría jamás. Yo no podía redimirme. Aquel silencio estallaba en mi cabeza, necesitaba oír una voz para despertar de esa pesadilla. Por fin, Vincent rompió el silencio:

— Difícil de digerir. Un día demasiado abrumador. Heracles Colosi, y un pequeño, muertos.

— No puedo más. La muerte me persigue allá donde voy.

— Tranquilízate, ahora Wayra nos necesita.

— Mírame, soy un despojo. Si me pinchases, no saldría ni una sola gota de sangre, estoy helado. Estoy abatido, y mi cabeza va a reventar.

— Lo sé, y por eso esta noche voy a quedarme. Wayra necesita mucho apoyo, y tú también.

— No lo entiendo. Te ha confiado el bebé a ti, no a Newen ni a Nereida. Ni a mí, pero a ti, sí.

— Necesitaba ver la realidad desde otro ángulo, eso es todo. A mí no me conoce, me ha escrutado con su mirada y no ha visto ni caridad ni culpabilidad ni compasión. Ha palpado realidad.

— Ha perdido su bebé por mi culpa.

— No sigas por ahí. Lo que menos necesita es compadecerte.

Newen tosió, anunciándonos su entrada. Nereida venía tras ella, junto con Wayra. Todos necesitábamos reposo, había sido un día demasiado agotador. Vincent tenía razón, debía superar mis tormentos sin cargárselos al resto. Aquella noche todos nos dispusimos a dormir, arropados por un silencio sepulcral, tan solo interrumpido por el silbido de una vacilante brisa.

La mañana, perezosa, con un sol tímido, nos acompañó en nuestro letargo. Vincent retrasó su regreso a Tetrasco unas horas, tras ver que cierta normalidad, irreal, había sido implantada.

Capítulo 11: Prohibición Adventista

Por fin, mientras Nereida y Wayra parecían estar contemplando el campo de amapolas en silencio, Newen se acercó a mí, besándome en la mejilla.

Necesitaba no romperme, guardarme mis demonios, pero sus suaves labios hacían flaquear mi entereza. Necesitaba de ella, necesitaba abandonarme al amor, para poder digerir tanta desgracia. Jamás me había sentido tan vulnerable, la muerte estaba saciándose con la esencia de mi alma, taladrándome con saña, utilizando su berbiquí, mostrando la más cruel de sus mil caras; no venía a poseerme, pero si a martirizarme. Newen me abrazó, no sabía cuánto tiempo duraría aquel abrazo, lleno, sincero, limpio, de alguna manera ella intuía lo necesitado que estaba de alejarme de mi mismo, de mis demonios, ya estaba cansado de ver muerte, desolación, y miedo. En mi interior solo conseguía verme reducido a escombros, quizá era la gota que había colmado el vaso. Ella seguía junto a mí, mirando aquel plomizo sol que nos acompañaba a todos en el sentimiento de pérdida, ni las palabras eran necesarias. Wayra, erguida ante el manto de amapolas, parecía honrar a todos aquellos pequeños que se habían marchado sin rozar la vida. Junto a ella, Nereida, compañera de silencios, abnegada, y con la gran virtud de comprender y anteponer la necesidad de otros a la suya propia.

Sin darme cuenta comencé a hablar con Newen en voz baja, casi susurrando, como si no quisiera romper el silencio:

— Lo siento. Yo no sé qué es lo que nos depara el futuro.

— No. No lo sientas. El futuro vendrá, y será nuestro presente.

— Lo que quiero decir… es que no hay nada más que vacío en mi interior.

— No, amor mío, hemos sufrido un huracán, pero si estamos juntos, lo superaremos todo.

— No puedo arriesgarme a perderte, eres lo único que…

— Lo sé, ya lo sé, mi amor, y no vas a perderme.

Un enorme beso selló nuestros labios, era un beso con tantos sabores como una cajetilla de chicles tutifruti, sabía a culpa, a miedo, a pasión, a frustración, a tristeza, y a esperanza. Nuestras lágrimas se entremezclaban, dando un toque salado a aquel beso tan sincero.

Casi con un hilo de voz, Nereida nos recordó a todos que al día siguiente recibiríamos la visita de Roc, nuestro bienhechor.

Aquello, para todos, equivalía a recibir provisiones, pero por el tono de voz, intuí que para Nereida, resultaba ser mucho más importante el mensajero que el paquete.

Volvíamos a estar juntos, pero parecíamos marionetas tristes, sin fuerza para romper aquella pesadumbre que nos embriagaba poseyéndonos. Rompiendo el silencio, Wayra comentó con dureza:

— Mi pequeño se ha ido, pero está en un lugar a salvo de las miserias de este mundo.

Todos la mirábamos desconcertados, deseábamos poder asentir, o poder decir algo que le diese aún más fuerza a Wayra, pero por prudencia, callamos. Ella, advirtiendo nuestro sopor, se rebeló, y con cierto reproche, comenzó a darnos órdenes:

— Vamos a ver, Nereida, dame ese cacharro de cocina. Y tú, Sombra, trae agua del rio. Newen y yo vamos a hacer una sémola con este mejunje seco. ¡Vamos, Vamos! ¡Moveos, que no quiero quedarme en los huesos!

Nuestras caras mostraban asombro y admiración, nos estaba inflando de vida. Necesitaba vernos fuertes para seguir luchando. Era como un vendaval, arrasando aquel mal que había arraigado en todos. Mientras iba a buscar agua, pensé que era una heroína, una mujer tan llena de vida que jamás caería en el fango, y si caía, siempre levantaría el vuelo como el ave fénix. Al regresar junto a ellas, las tres parecían henchidas de una vitalidad inesperada, por supuesto que sabía que la procesión iba por dentro, pero de alguna manera habíamos recobrado el espíritu de lucha y de supervivencia.

Durante la comida me enteré de que unos días antes, Roc y Nereida habían intimado, la primera en comentarlo fue Wayra. Supuse que necesitaba abstraer su mente, y que mejor que ocuparla con cierta dosis de romanticismo. Nereida, sonrojada, parecía no querer ser el centro de atención, pero Newen, habiendo comprendido la estrategia de Wayra, se acercó a Nereida, y acariciando su cabello le dijo:

— Eres una mujer, una mujer adulta, y tus sentimientos nos hacen felices. No te enojes por ser la protagonista.

— Tan solo nos estamos conociendo, y no veo que…

— Vamos mujer, nos alegra a todos saber que te sientes feliz, deja que seamos partícipes.

— Bueno… él parece ser un hombre formal… y lo cierto es que me hace sentir bella.

No pude morderme la lengua al oír aquel comentario de Nereida:

— No sé si te hace sentir bella, pero es que tú eres preciosa.

Aquellas palabras sin malicia reactivaron la mente de Newen, y volviéndose hacia mí con sonrisa pícara, me dio un capón, sin más. No se sentía celosa, pero me advertía a su manera que mis ojos le pertenecían por completo. Yo me giré quejumbroso por aquel acto agresivo, tratando de dar pena, pero al parecer, mi cara más que compungida, era bastante cómica para las chicas, y todas empezaron a reír. Esa era la clave, necesitábamos volver a reír de cosas simples para poder seguir adelante con esperanza. Aquella tarde pasó sin sobresaltos, y en cuanto oscureció, todos nos fuimos a descansar.

A la mañana siguiente, Nereida parecía haber tomado una anfetamina. Nos azuzaba con mucha prisa para que todos nos levantásemos y así poder airear las mantas. A mí me hacía mucha gracia, pero Wayra parecía estar somnolienta, y aún no deseaba comenzar el día. Nereida me miraba con cara implorante, y enseguida entendí el porque.

Roc no tardaría demasiado en llegar, y a Nereida le había despertado el deseo de dar la mejor de las impresiones a su pretendiente.

— Míralo de esta manera: a Roc le gustas, y no se fija más que en ti. Deja que Wayra descanse. Y mientras, vete al rio, te sentará bien.

— Tienes razón. Además, me guardaba este vestido que me trajo hace días, y creo que hoy mismo me lo pondré.

— Excelente idea. No pierdas tiempo y arréglate.

Se marchó excitadísima, parecía una niña esperando los regalos de navidad. Podía entender aquel sentimiento, mariposas revoloteando por todo el cuerpo, y los nervios, implacables, que formaban dudas irracionales. Aquel momento tan inigualable era demasiado importante para callarlo, sin embargo, la pérdida de Wayra flotaba solemne en el ambiente

Mientras Newen y yo nos dábamos un beso, fuimos interrumpidos por Wayra, que recién despierta y con vocecita de niña, parecía necesitarnos:

— ¡Buenos días tortolitos! Un cariñoso achuchón me vendría bien.

Contesté animosamente a su ruego:

— Eso está hecho !Anda, ven¡

— No, no, venid vosotros.

— ¡Uy! Tenemos aquí a una jovencita muy necesitada.

Nos fundimos los tres en un abrazo prolongado de cariño. Aunque quien parecía haberlo pedido era Wayra, los tres nos beneficiamos de él. Un grito de Nereida nos sobresaltó a todos, salimos al exterior de la cueva pensando que le había ocurrido algo malo, pero la sorpresa nos dejó embobados: Roc, de rodillas, mostraba un anillo de pedida a Nereida, y ella, sorprendida, había reaccionado con un grito nervioso.

— Lo siento… yo…

— No tienes por que contestarme ahora.

— No… es solo que… me ha sorprendido. Vamos, levántate, esta situación es vergonzosa.

Roc se incorporó, estaba claro que Nereida se sentía azorada, y por el rubor de sus mejillas empezaba a sentirse sofocada. Wayra no pudo contenerse, y de repente comenzó a reírse. El resto de nosotros estábamos comenzando a contagiarnos de su risa, cuando de forma incontrolada, se tornó una risa nerviosa, como si aquella escena fuese una burla del destino hacia ella. Nuestros semblantes cambiaron de la distensión a la preocupación por Wayra. Newen se acercó a ella intentando abrazarla, pero Wayra la rechazó mediante un empujón, su risa histriónica nos hizo palidecer. La histeria acumulada necesitaba una vía de escape, por ello antes de que Newen o Nereida se volviesen a intentar acercar a ella, dije en voz alta:

— ¡Eso es, sácalo, ríe, llora, grita, expresa tu ira!

Poco a poco su risa y su llanto se confundían, y medio balbuceando nos dijo:

— No merezco estar con vosotros, soy una egoísta, siento celos, Newen y tú, Roc y Nereida. Pero ¿porque yo? ¿Porque mi hijo, porque no puedo ser feliz? ¿Tan mala persona soy? ¿Es que debo pagar por los errores de mi padre? ¿No era suficiente perder al chico que me amó?

— Ojalá pudiera contestarte. si supiera la razón por la que a cada uno nos toca padecer… no eres la primera ni tampoco la última, todos perdemos cada día, nuestros compañeros de viaje están muriendo.

— ¡Es cierto, pero vosotros estáis bien y yo no! ¡Sois felices y yo he perdido a mi hijo, he vivido como una salvaje en la oscuridad de esta cueva y mi pequeño ha muerto por no tener un entorno adecuado! Es culpa vuestra, ¡os odio!

Un llanto llegado desde las entrañas, lleno de amargura y desolación la invadió. Necesitaba sacar todo el dolor por la pérdida de su hijo, así lo entendimos. Esperamos pacientemente hasta que ella volviese a nosotros.

Roc me hizo una mueca, expresando la necesidad de hablar conmigo a solas. Así que justo cuando Wayra volvió, aproveché el momento en que Newen y Nereida hacían de hermanas para alejarme de las chicas, llevándome a Roc.

— ¿Qué ocurre?

— Parece ser que Circe ha sido envenenada.

— ¿Cómo? ¿Cuándo?

— El otro día me encontré con Sebastiano, tenía un encargo en Karat ,y me explicó lo feliz que estaba Circe esa misma mañana, ya que había recibido un paquete lleno de comida, que contenía embutidos e incluso crustáceos, junto con varias botellas de alcohol. Resultó que Circe, mientras Sebastiano estaba en Karat haciendo un apaño, no se resistió a probar algunos de los manjares que aquella caja contenía, y cuando él regresó, ella estaba muerta. Sebastiano no entendía nada, hasta que de repente se fijó en una nota que yacía en el fondo de aquella caja que decía:

"Un adventista impuro es peor que la escoria. La gula es un pecado, y los que pecan deben morir"

— Parece ser que todo cobró sentido para Sebastiano, Circe había estado dentro de una comunidad adventista, y esos manjares para ellos son impuros. Ayer me enteré de su muerte, ya que tenía un encargo en Tetrasco, y aunque no coincidí con Sebastiano, el Tuerto me explicó la desgracia.

— No puedo creer que la comunidad adventista envenenase a Circe.

— ¡Por Dios, claro que no! Conozco a muchos dentro de la comunidad, es una comunidad libre, si quieres estás y si no lo dejas, nadie te obliga, y menos aún van matando por ahí.

— Así que nuestro asesino se ha valido de su pasado para matarla.

— No, más bien se ha valido de su debilidad. A Circe le gustaba comer, y sobre todo comer bien.

— Debo ir a Tetrasco para hablar con Sebastiano.

— Sombra, creo que en estos momentos no vas a ser bien recibido por Sebastiano, piénsalo, acaba de perder a Circe, y

209

no digo que sea por tu culpa… pero está claro que los que se embarcaron contigo van cayendo como moscas.

No conseguí replicar. Aparte de saber que él tenía razón, Newen y las chicas nos interrumpieron:

— ¡Eh chicos! Basta de cháchara, Wayra quiere hablar con vosotros.

— ¡Oh, lo siento!, siento haberme portado tan mal.

— ¿Pero qué dices? Tú no has hecho nada malo.

— Dije cosas terribles, y sobre todo pensé cosas peores, estaba ofuscada.

— Sabemos cómo eres, además, incluso en las mejores familias se reprochan actitudes de tanto en tanto. Vamos, comamos algo de lo que Roc nos ha traído.

No comenté la muerte de Circe con las chicas, creí que ya habíamos tenido bastante ese día. Wayra parecía estar algo ausente, pero pensé que era debido a su sentimiento de culpabilidad. Aquella noche Roc decidió quedarse a dormir en la cueva, le habían dado fiesta forzosa, ya que hasta pasados dos días no volvía a entrar ningún barco de mercancías. La noche nos envolvió con una extraña calma, parecía que fuéramos los únicos habitantes del planeta, seguramente nos sentíamos arropados los unos con los otros, como una tropa de hippies dentro de una comuna, procurando tanto el bienestar nuestro como el del compañero. No obstante algo me inquietaba: el asesino se había vuelto más osado. La nota que había en la caja declaraba que Circe había sido envenenada, me preguntaba si la policía iba a obviarlo tan fácilmente, tal y cómo estaba haciendo con todas las muertes anteriores.

De uno en uno dejamos que la noche nos envolviera soporíferamente, o eso pensé al oír las respiraciones y los ronquidos de todos, pero sobre las seis de la mañana, Roc me despertó muy alterado: Wayra no estaba en la cueva. Tal como estábamos, en calzoncillos, bajamos hasta el rio, pensando que quizá había decidido ir por su cuenta a bañarse, aunque mis pensamientos más oscuros me los callé para no llamar al mal tiempo. La llamamos a gritos en diferentes zonas del rio. El día empezaba a despuntar, por ello, instintivamente, observé las aguas para detectar cualquier bulto que flotara sobre ellas, temiéndome que hubiera cometido la estupidez de quitarse la vida. No encontramos rastro de ella, y tanto Roc como yo nos sentíamos frustrados.

El ruido de un motor nos hizo regresar a la cueva. Vincent, con semblante circunspecto acababa de llegar, pero al vernos intuyó que teníamos una preocupación mayor que la suya.

— Esperaba poder despertarte llamándote holgazán. ¿Qué ocurre?

— Es Wayra. Ha desaparecido durante la noche, llevamos buscándola desde las seis de la mañana.

— ¿Qué? Pero ¿Qué ocurrió ayer?

— Es largo de contar, pero en pocas palabras, perdió los nervios, acusándome de todas las calamidades habidas y por haber.

— En cierto modo tiene razón, no te enfades.

— Gracias, es lo que necesito, apoyo incondicional.

— No hay tiempo para discutir, hay que encontrarla.

— En eso estábamos. Vincent, este es Roc, no sé si os conocéis.

— No, y me temo que no tenemos tiempo de presentaciones formales.

Vincent desapareció con su moto, para perderse por diferentes caminos de la montaña con la intención de encontrar a Wayra. Roc y yo entramos en la cueva justo cuando Nereida, ajena a los acontecimientos, empezaba a desperezarse. Mientras Roc daba los buenos días a su damisela, yo intenté despertar a Newen sin preámbulos de enamorados. Las chicas quedaron alarmadas, y aunque las calmamos como si todo estuviera bajo control, ni yo mismo me creía lo que les estaba vendiendo.

Vincent regresó cabizbajo por no haberla hallado, pero sus ojos, esperanzados, reflejaban el deseo de encontrarla en la cueva, sin más, cómo si tan solo se hubiera marchado a dar una vuelta. Con tan solo mirarme, comprendió que su deseo no se había hecho realidad. Roc, que conocía bastante el terreno, le indicó varios caminos para explorar, y Vincent, sin perder un minuto, volvió a ponerse en marcha con la tenacidad propia de un caballero andante al rescate de su dama. Roc, Nereida y yo, salimos a buscarla por los alrededores, dejando a Newen de guardia en la cueva. Tras varias horas, volvimos a encontrarnos en la cueva, sin rastro ni pistas de su paradero.

Vincent no se dio por vencido, pero Newen consiguió hacerle entrar en razón, con lógica y perspicacia, aludiendo que con el estómago vacío no tendría fuerzas, y buscarla durante la noche iba a ser una pérdida de tiempo, lo que ocasionaría que al día siguiente no rindiese en su cometido. Al terminar de cenar, mientras las chicas ponían cierto orden, Vincent recordó el motivo de su visita:

— ¿Recuerdas que te dije que te daría noticias contrastadas?

Asentí con la cabeza mientras seguía comiendo una manzana.

— Es sobre Bruno. He investigado y te ha mentido, jamás ha trabajado para la poli. Sin embargo, sé de buena fuente que es mercenario del mejor postor. Ahora trabaja para Liberto Korinna, y eso sí, se infiltra en las filas del Lengua Sellada.

— Pero… ¿porque tenía que mentirme?

— ¡Vamos hombre! Si quería que confiases en él no te iba a decir que es mercenario.

— ¡Maldita sea!

Al oírme maldecir, Newen vino hacia mí.

— ¿Qué ocurre cariño?

— Nada, que parece ser que mi hermano no es agua clara.

— ¡No es posible!

— Da igual. Debemos centrarnos en Wayra.

No quería hablar sobre mi hermano, me dolía en lo más hondo de mi corazón. El día había sido extenuante: la muerte de Circe, la desaparición de Wayra, y la noticia sobre mi hermano, habían rematado la poca fe que pudiera tener en el mundo y en las personas. Mi cabeza no conseguía asimilar tantos desastres. Mientras Roc y las chicas preparaban las mantas, decidí hablar con Vincent a solas:

— Mañana iré a Tetrasco, sobre todo sabiendo que tú y Roc estaréis aquí.

— ¿A qué coño vas a Tetrasco? Suponía que lo primero era encontrar a Wayra.

— Necesito saber que ocurre, además se lo debo a Circe y a Sebastiano. Será ir y volver.

— Está bien, si quieres te llevo.

— No, prefiero que os quedéis con las chicas.

La noche parecía tan turbia como mis pensamientos. Las nubes, entrelazadas como un escudo de acero, impedían que la luna me proporcionase una vía de escape. El silencio de la noche cerrada retumbaba en mi cabeza, martilleando incesante malos augurios inminentes.

Capítulo 12: Entre rejas

Había conseguido dormir, aunque no descansar. Antes de marcharme le di un beso en la mejilla a Newen, para no despertarla. Observé que Vincent, aunque no emitía sonido alguno, estaba despierto mirando las musarañas. Gesticulé para que saliera sin hacer ruido.

— Me voy ya ¿Estás bien?

— Sí, yo sí. No lo entiendo… ¿porque se ha marchado?

— Me gustaría poder contestarte, pero no tengo ni idea de que se le pasó por la cabeza. Seguro que la encontraremos.

— Me quedaré hasta que vuelvas, a menos que la encuentre.

— Regresaré antes del anochecer. Cuida de ellas.

— Descuida, lo haré.

Me alejé lentamente, y como un acto reflejo me giré para mirar a Vincent, él miraba al cielo como si esperase una señal. Durante el camino no hacía más que pensar en el estado de Sebastiano, si aún estaba vivo probablemente querría matarme. Estaba seguro de que al llegar a Tetrasco me esperaba una mala noticia. Era como una especie de sexto sentido que me avisaba del peligro inminente, aunque posiblemente mis percepciones estaban alteradas debido a tantos contratiempos.

Tras caminar varias, horas volví a recordar a Wayra. Una mujer como ella no se ausentaba sin más, había demostrado que era una luchadora nata, aunque claro, perder a su hijo eran palabras mayores. Cuando Tessa murió, y nuestro hijo con ella, no podía aceptarlo. Su muerte dejó un vacío, que solo aferrándome al recuerdo del amor que sentíamos el uno por el otro, me proporcionaba cierta lucidez, y ahora, pasados los años, me daba cuenta de que nunca lloré por mi hijo, a quien jamás conocí. La pérdida de Tessa solapó aquella muerte, borrando de mi mente su existencia. Pero no era momento de pensar en mi pasado, debía dar mis condolencias a Sebastiano, aunque lo más seguro es que me propinara una paliza.

Antes de llegar a Tetrasco, mi mente volvió a seguir un rumbo propio. No pude evitarlo, aquellas palabras de Vincent sobre la mentira que Bruno me había contado, pesaban como una viga de acero en mi corazón: mi hermano era un mercenario, se alquilaba de matón al mejor postor, urdiendo en la clandestinidad, sin conciencia ni remordimientos. ¿Cómo había podido llegar a ese estado? No podía perdonarle, no ya por su trabajo, sino por mentirme ¿Qué pretendía? ¿Había aparecido en mi vida para complicarla más? Me estaba alterando, así que decidí no pensar más en él.

Había llegado a Tetrasco, gracias a Dios tenía dinero para emborracharme y poder mirar a Sebastiano a los ojos, así que me dirigí a la Taberna de los muertos.

— ¡Un whisky doble, Tuerto!

— ¿Qué haces aquí?

— ¡Joder! pedir un whisky.

— Toma.

— Bien, ahora hablemos ¿Qué sabes de Sebastiano?

— No te lo vas a creer, en sí, ni yo mismo me lo creo.

— Deja de meterme miedo en el cuerpo y suéltalo ya.

— Bien, ahí va, a palo seco: Sebastiano está en la prisión preventiva del norte.

— ¿En la Soga? ¿Qué ha hecho para estar allí?

— No lo sé exactamente, creo que maltrató a una mujer.

— Eso es imposible, Sebastiano nunca haría algo así, él es un hombre pacifico.

— Pues esas son las noticias que corren por aquí.

— Llénalo, anda.

— ¿Sabes qué es lo peor?

— No, escupe.

— Al estar en prisión no ha podido asistir al entierro de Circe.

— Que hijos de la gran puta ¡Joder! Qué mierda. Ponme otro doble. No, ¡qué cojones! deja aquí la botella.

— ¿Tienes dinares?

— Si joder, tranquilo, te pagaré.

En ese momento la puerta chirriante dejó entrar un perfume, que precedía al repiqueteo de unos tacones de mujer. Ni tan siquiera miré atrás, tan solo deseaba deleitar mi olfato con tan embriagador aroma. El Tuerto alisó las pocas greñas que le quedaban, en un intento de disimular su desaliñado aspecto. Con una sonrisa ridícula, que mostraba la desalineación de sus dientes, salió de su limitado espacio tras aquella barra y se dirigió a la mesa donde aquella mujer esperaba.

— ¿En qué puedo servirla, señorita?

— Tráeme un vodka, pero que sea del que tú bebes.

— Yo no bebo, señorita.

— No sé si fiarme de un camarero que no es un borracho.

— Le aseguro que aquí servimos bebidas de calidad.

— Eso no te lo crees ni tú. Tráeme algo que no me ponga enferma.

— En seguida, señorita.

Sentí tentaciones de girarme a mirar. Aquella mujer parecía saber perfectamente lo que quería. Los movimientos nerviosos del Tuerto mientras servía un vodka de contrabando, y su transpiración inusual, fueron decisivos para caer definitivamente en la tentación.

Observé detenidamente a la dama. Por sus ropajes parecía una joven viuda de exquisita figura, pero tardé en reconocerla, debido al exceso de ropa sobria y al tul que le tapaba parcialmente su rostro: Lua, la prostituta estrella del Mádelen, estaba esperando su copazo de vodka. Me preguntaba qué hacía en La Taberna de los Muertos, una casualidad tal vez, pero presentía que era poco probable. A pesar del tul, se podía intuir una mirada seductora. Pero el hecho de no haber sido presentados formalmente, retuvo mis impulsos de acercarme a ella. Por otro lado, su tono de voz, enfadado y altanero, indicaba que no era una mujer fácil, a pesar de la contradicción profesional.

Cuando el Tuerto le sirvió la copa, ella, con gracia femenina, retiró de su rostro el velo, echándoselo hacia atrás. Me sorprendió observar las magulladuras que presentaba su perfil izquierdo, pese a ello, era mucho más bella en persona que en aquel cartel propagandístico del Mádelen. Era plausible que su irritación correspondiera a su estado físico. El azar quiso favorecerme, cuando Lua, sin ningún reparo, me dirigió una ácida observación:

— ¿Te parece que tengo monos en la cara?

— Lo siento, no pretendía incomodarla. Pensaba que debe dolerle.

— Sí, eres muy perspicaz. El hijo de puta que me agredió está detenido.

— Creo que usted trabaja en el Mádelen. Imagino que no todos los clientes saben comportarse.

— No te equivoques, en mi trabajo soy la reina, y jamás me han agredido.

— Entonces… ¿no entiendo? Ah, ya, su marido.

— Estoy soltera. No, esto ha sido una agresión estúpida, del marido de una buena amiga.

— ¡Vaya! Por consiguiente un amigo.

— No, nunca le he considerado un amigo, aunque le compadezco.

— Interesante, compadece a su agresor.

— No seas tan cínico. Todo tiene explicación, vengo del entierro de mi amiga Circe, y su marido creyó que…

— ¡Sebastiano!

— Sí, ¿le conoces?

— Él no haría esto.

— No, no lo haría, ya lo ha hecho. Espero que aprenda a mantener su genio a raya.

— Pero yo le conozco bien, y es un tipo muy pacifico.

— Es posible que perdiera los nervios al encontrar a Circe muerta, pero lo siento, no hay excusa para su comportamiento. Solo sé que se puso como una fiera y empezó a golpearme como un salvaje.

— Señorita, si le demuestro que todo tiene su explicación ¿retiraría usted la denuncia?

— ¿Retirarla? ¿Explicación? ¿En serio crees que hay una explicación para esto?

— Si lo consigo, por favor ¿lo haría por su amiga Circe?

— Está bien, pero más vale que sea una explicación muy buena. Aún estoy apenada por la desgracia de mi amiga, y por supuesto soy sensible a su pérdida.

— Gracias, no se arrepentirá.

Con más prisa que el diablo pagué al Tuerto la media botella de whisky, y emprendí el camino a La Soga (con ese apodo era popularmente conocida la cárcel preventiva del norte). Al pasar cerca de la mesa dónde Lua remojaba sus penas, la sonreí con cierta complicidad, y en un intento por hacerme el interesante le dije:

— Mi nombre es Malcom, estoy seguro de que nos volveremos a encontrar.

Lua, con sorna, se limitó a esbozar media sonrisa. Antes de salir, aspiré de nuevo su aroma.

Tenía que llegar a la otra punta de la ciudad. Mientras caminaba, mi mente se recreó en la sensualidad de Lua, era una mujer fascinante, sin duda alguna. Aquella cara magullada irracionalmente, le aportaba cierta fragilidad que la favorecía.

Mis pies, ligeros, parecían levitar por el adoquinado de las calles pedregosas. Ante mis ojos, en la lejanía, al final de la avenida, podía apreciar el tétrico edificio de La Soga.

Resultaba inquietante. La contaminación de varios lustros incrustada en su estructura, había convertido aquel edificio marrón oscuro, en un gris negruzco bastante siniestro. Sin embargo, esto era solo una apreciación que jugaba con el subconsciente, ya que la historia de La Soga, de por sí era oscura: Rupert Sanglass fue huésped de una noche, ya que a la mañana siguiente los carceleros, al llevarle sustento, encontraron la celda vacía, a excepción de un estremecedor mensaje estucado con sus huesos, empotrados en el muro de la celda, que transmitía: Να θρέψει τα ἐντερά μου. Días más tarde, mediante lingüistas, se supo que era griego, y su traducción fue: Alimentad mis entrañas.

La leyenda del joven Rupert, su misteriosa y precipitada muerte dentro de una celda aislada, había suscitado pánico hasta nuestros días. Pero eso era solo el principio de la leyenda, ya que los dos carceleros que lo habían descubierto, posiblemente traumatizados por aquella imagen, una semana más tarde se suicidaron, en dos lugares apartados, el mismo día y a la misma hora, colgándose de una soga. Por ello, popularmente se quedó con el nombre de La Soga.

En diferentes ocasiones, parapsicólogos acreditados habían accedido a aquella sombría celda clausurada, afirmando que una energía voraz descontrolaba sus sensibles aparatos técnicos, destruyendo su utilidad. Recordar la leyenda no me infligía valor para entrar, pero ya era demasiado tarde, estaba a sus puertas.

En la misma entrada, siguiendo instrucciones de un agente, dejé mi identificación y vacié mis bolsillos en una bandeja. Por suerte, aquel funcionario echó solo el típico vistazo rutinario a mi identificación, sin mostrar mayor interés. El interior de aquel recinto, aunque había sido pintado de blanco para aminorar su aspecto lúgubre, seguía siendo sobrecogedor, pareciéndose más a un psiquiátrico que a una cárcel preventiva.

Por fin pude acceder al interior, cuanto antes acabase antes podría salir de allí. Guiado en todo el recorrido, me adentraba por unos pasillos vacíos, con puertas metálicas a ambos lados, que confinaban a hombres que, supuestamente, eran delincuentes. La luz cegadora del fluorescente dañaba mis pupilas. Solo se oían nuestras leves pisadas, aquel silencio alteraba mis nervios. Tenía la sensación de estar en un túnel del tiempo, dónde el espacio menguaba y se expandía, confundiendo mi mente.

Por fin, tras una buena caminata, llegué a la zona de visitas. El cubículo parecía una clase de primaria, con mesas y sillas enfrentadas. Me senté en el lugar indicado mientras observaba el drama, risas y llantos contenidos, de las otras personas que se hallaban en aquel lugar. No tardó demasiado en aparecer Sebastiano, que con aire triste y resignado, se sentó frente a mí.

— Te veo bien.

— No esperaba verte por aquí.

— Lo sé. Siento lo de Circe.

— Sentirlo no le devolverá la vida.

— Tampoco lo hará maltratar a mujeres.

— Esa puta es la culpable.

— No seas imbécil, Lua era su amiga.

— Ella le envió la caja con los alimentos, y dentro estaba esa repugnante nota.

— Y tú te presentaste machacándole la cara sin más ¿verdad? Eres imbécil si crees que ella sabía que los alimentos estaban envenenados.

— Circe me dijo esa mañana, al recibir la caja, que la había traído el repartidor del Mádelen.

— ¿Y?

— Pues que la única persona del Mádelen que sabía nuestra dirección era Lua.

— Si ¿y?

— ¡Joder! que ella la envió.

— No creo que ella tenga nada que ver con el paquete. Por Dios, que eran amigas. Durante años habéis comido del Mádelen, Circe lo dijo. No tenía ninguna lógica que Lua quisiera ningún mal para Circe.

— Quizá tengas razón, pero me cegué, no pensé que pudiera ser de otra manera.

— Tu dolor y tu frustración te impidieron ver. Ni tan siquiera le preguntaste, fuiste cegado a descargar tu rabia.

— ¿Cómo sabes que ella no intervino en lo del paquete? ¿Te lo ha dicho?

— Claro que no, pero estoy seguro de que ella no lo preparó. Hace un rato que me he cruzado con ella, y estaba bastante jodida por lo de tu mujer. Estuvimos hablando, y creo que conseguiré convencerla para que retire la denuncia, y así podrás salir de aquí.

— ¿Para qué? No tengo a Circe, y seguramente soy el siguiente en la lista. Si hablas con ella y es tal como me has contado, pídele disculpas de mi parte.

— Las disculpas creo que son intransferibles, por tanto es cosa tuya.

— Jamás había pegado a una mujer.

— Lo sé. Cuídate.

Ya estaba incorporándome de la silla, cuando un detenido no se contuvo de la alegría que le provocaba enterarse de una noticia que le acababan de dar.

— ¡Eh! ¡Oíd capullos! ¡Hay un cabrón menos! ¡El puto Lengua Sellada ya no dará más por culo!

Aquel comentario levantó pasiones. Un revuelo de ovaciones, aplausos y toda la enciclopedia del insulto, irrumpió en el murmullo ambiental.

— ¡No jodas, por su puta culpa estoy aquí! ¡Así su alma de cabronazo queme en el puto infierno!

— ¿Joder quién ha sido el héroe?

Los guardias intentaron calmar aquel alborozo, a pesar de que ellos mismos, o al menos una parte, parecía estar celebrándolo interiormente.

El Lengua Sellada era un capítulo entero en la historia del contrabando, y aunque la mayoría se habían subido a su carro, todo tenía sus consecuencias. Personas inocentes habían caído en desgracia, posiblemente amigos, familia, o qué se yo, la cuestión es que aquella noticia era una bomba.

Sebastiano me miró intrigado, como esperando que le explicase alguna cosa que él no sabía. Yo le respondí con expresión de sorpresa, y me soltó:

— Esto te cambia el panorama.

— Sí él era el asesino, nos cambia el panorama a todos.

— Demasiado tarde para mí. Circe ha muerto.

— Sé que ahora nada de lo que diga te hará cambiar de actitud, pero piensa que yo también pasé por esto cuando Tessa murió.

— Quizá sí, pero tú ahora tienes a… bueno ya sabes a quien, no quiero decirlo aquí.

— Es cierto, la vida me está dando otra oportunidad, y eso mismo te pasará a ti.

— No, no te equivoques, yo no soy como tú. Nunca podré enamorarme de otra mujer.

Nada más terminar la frase, el tiempo de visita concluyó. Mientras Sebastiano salía por una puerta, yo debía salir por otra, junto al policía que me había escoltado hasta allí. Tras aquel recorrido de vuelta hasta el umbral de entrada, mientras me devolvían mis pertenencias, varios agentes de la autoridad se me cruzaron a menos de un metro de distancia. Uno de ellos comentó:

— Ya he acabado mi turno.

— Joder, que suerte, a mí me lo cambiaron hace dos días.

— Pues tienes trabajo, hay que buscar a Bruno Donahue, es sospechoso del asesinato de Oswald Cartwright.

— ¿Han asesinado al viejo zorro cabrón?

— Sí, apenas hace cuatro horas que han descubierto el cadáver del Lengua Sellada, y lo más curioso es el lugar, un antiguo centro de cultura llamado Variopinto.

— ¿Qué tejemanejes le llevarían allí?

— A saber, aunque no es tan extraño, también comerciaba con arte. Sea como sea, ha sido una muerte sanguinaria, le han practicado el Harakiri.

— ¡No jodas!

— Así que a trabajar.

Salí de allí con el estómago revuelto, y en cuanto llegué a la esquina vomité. Bruno, mi hermano, había matado al Lengua Sellada.

Aunque no me sentía bien, me dirigí al Mádelen, debía explicarle todo a Lua. Un hombre como Sebastiano no debía permanecer en aquel lugar.

Intentaba no pensar en Bruno, pero mientras caminaba, todas las cosas que veía a mi paso me lo hacían recordar. Me sentía furioso, mi hermano había manchado sus manos de sangre. Para sobrevivir en esta jauría no era necesario matar, por el contrario, ser listo y audaz para extorsionar y saltarse la ley impunemente sí era requisito indispensable.

¿Porque tenía que ser un asesino? Nuestros valores eran sólidos, tanto mi madre como mi padre nos habían inculcado ciertos conceptos que habían servido de base educativa. No, no aceptaba que él se hubiese saltado las pautas, en mi mente era como traicionar la memoria de nuestros padres.

Atajé por callejuelas para llegar al Mádelen. Un olor nauseabundo penetró mis fosas nasales, invadiéndolas como un ciclón. Provenía de la podredumbre. Hombres y mujeres saqueaban basuras putrefactas para poder alimentarse, niños llagados que atraían a moscas por el dulzor de la sangre.

Por fin llegué a las cercanías del Mádelen, prefería la sordidez y la vulgaridad, a la inmundicia y la miseria. A las puertas del burdel había un "gorila" infranqueable.

— Quisiera ver a Lua.

— Pocos modales tenemos. Será Srta. Lua.

— Sí, por supuesto, a la Srta. Lua. ¿Permite que pase?

— Deme su documentación.

— ¿Desde cuando se pide documentación para entrar a un burdel?

— Desde que tipos desconocidos que no son clientes reparten leña a mujeres.

— Ah, ya, aquí tiene.

— Bien, espere aquí. No se le ocurra moverse ni un centímetro hasta que consulte a la Srta. Lua.

— Descuide.

Desapareció, dejándome en una antesala bastante recargada: cortinajes de terciopelo de color verde inglés con ribetes purpura, y sillones con cabezales labrados en madera de roble, acogían y transportaban a una época anterior, de lujo y pomposidad.

Al cabo de unos minutos, el portero volvió, y con cierta condescendencia me entregó mi documentación, y me indicó que Lua saldría en un par de minutos. Mientras esperaba, me fijé en una lámpara de araña, que aunque era suntuosa, tenía un aspecto decadente, debido a su estado de dejadez. Aquella lámpara hipnotizaba por sus destellos, y tan solo por un momento me imaginé viviendo en la ostentación de otros tiempos, y lo fácil que sería acostumbrarme, cuando de repente Lua apareció y rompió mi ensueño:

— No imaginé volverte a ver, y menos tan pronto.

— Soy hombre de palabra.

— Venga, acompáñame al despacho, estaremos más cómodos.

Entramos a un cuarto bastante reducido, que estaba presidido por un escritorio acompañado de dos sillas. En la pared, un reloj carrillón proporcionaba a la estancia una sobriedad caduca.

— ¿Te apetece un whisky? Yo me serviré uno.

— Sí, me vendrá bien, tengo el estómago algo revuelto.

— Ten. Y ahora, dime ¿en qué puedo ayudarte?

— Vayamos por partes. He visitado a Sebastiano, y aunque no es justificable la paliza que recibió por parte de él, es comprensible.

— ¿Comprensible?

— Permítame que le explique ¿usted le envió una caja con..?

— Le reenvié una caja que llegó esa misma mañana, con una nota en la que ponía: *para Circe*.

— Exacto, ni tan siquiera sabía el contenido. Sin embargo, su interior era una especie de pequeño delicatesen, solo que envenenado. Sebastiano sabía que lo habían enviado desde este local, y su error fue no hacer preguntas.

— Quieres decir que él pensó que yo la envenené.

— Sí, en cierto modo, aunque creo más bien que se cegó sin más.

— ¡Por Dios! Yo no le hubiera hecho daño jamás. Era una buena amiga. Ella había sido un buen bastión para mí durante la infancia. Siendo muy joven, Circe se había proclamado mi protectora, no soportaba las injusticias.

— Se sirvieron de usted para hacerle llegar la muerte. ¿Así que su vínculo se remite a la infancia?

— Sí, ella me protegió cuando era niña, y yo intenté devolverle el favor, ya de mayor. Es terrible… de alguna manera es como si fuese cómplice de su muerte. Me siento tan…

— Furiosa y frustrada, es fácil de adivinar. Por ello quería pedirle que retire los cargos contra…

— Sí, por supuesto. Hoy mismo lo haré. Descuida. Sabes, este mundo no es nada justo, Circe era una inocente, en el círculo en el que me muevo, sé de lo que hablo.

— Este mundo es el infierno.

— Lo que me da más rabia es que buenas personas como Circe sean víctimas. Aún recuerdo a la que más tarde fue la esposa del Lengua Sellada: ejerciendo en un pequeño burdel, un par de polvos y a llegar a la cumbre, la muy puta…

— ¿Está refiriéndose a Newen?

— Sí, ella misma, aunque allí su apodo era… mmm… algo así como porvenir… no lo recuerdo bien.

— ¿Está segura?

— No, de su nombre no, pero de que era ella por supuesto, no tengo ninguna duda. Apenas estuvo tres meses en aquel burdel. Llevo vida y media trabajando, y jamás llegaré a tener el estatus que ella consiguió, fue un record y un ejemplo a seguir. Sin embargo, personas rectas como Circe han tenido que sobrevivir de mala manera.

— Eso no es posible, si la esposa del Lengua Sellada hubiera sido puta, se sabría.

— ¡Santa inocencia! Aquel prostíbulo era muy exclusivo, y se ocuparon de salvaguardar su reputación.

— Por cierto, ahora entiendo su exigencia en la Taberna de los Muertos, este whisky es buenísimo.

— Tengo mecenas que se preocupan de hacernos llegar un buen género, ya que ellos mismos son los primeros interesados.

— Señorita, ha sido un placer, no deseo hacerle perder su tiempo.

— ¿Malcom, verdad? Espero que la próxima vez que nos veamos me tutees.

— Seguro, Lua.

Salí del burdel con más dudas que respuestas. Según Lua, Newen había sido puta, me daba cuenta de que desconocía totalmente la vida de mi amada. No me importaba su pasado, pero si era cierto ¿cómo era posible que ni me lo hubiera mencionado? No habíamos hablado mucho sobre nuestras vidas, pero éste era uno de aquellos datos que parecía demasiado importante para omitirlo.

En cuanto a los mecenas, hubiese dado mi mano izquierda por saber concretamente a quienes se refería Lua, pero me daba la impresión de que esa pregunta hubiera sido precipitada, dado que era la segunda vez que hablaba con ella. Sin embargo, aunque ya no podía devolver la vida a Circe, un siniestro pensamiento rondaba por mi mente, alguno de aquellos mecenas era, sin duda, el asesino.

Capítulo 13: Sangre de mi sangre.

Aunque físicamente no estaba en mi mejor momento, me sentía bien por haber conseguido mi propósito. Lua había sido comprensiva e indulgente, dada la situación. En realidad, aunque no la conocía, percibía que se sentía en cierto modo responsable por su intervención vehicular.

Merecía regalarme alguna bagatela, por ello decidí ir hacia el puerto con la intención de encontrar aquel vetusto bar, que tiempo atrás había hallado por casualidad, dónde podría honrarme con un buen café. Recordaba su nombre: Port y Mar, y por supuesto su destartalado rótulo, tan solo tenía que llegar al puerto y dar alguna vuelta que otra por las callejuelas secundarias para encontrarlo. A medida que caminaba, me daba cuenta de cómo crecía en mí la ilusión de algo que antiguamente era tan cotidiano. En mi mente el sabor y el olor del café despertaban una excitación cognitiva, sensorial, y placentera. Mi abstracción mental conseguía mantenerme aislado de la inmundicia, era como una barrera psicológica que inhibía olores e imágenes reales, sustituyéndolas por una composición abstracta, transportándome a una filmoteca dónde mientras saboreabas un café, veías películas de antaño. Era definitivamente un escudo para sobrevivir a aquella realidad tan déspota, que podía herir mi alma.

No seguí un camino prefijado, sin ningún plan estaba adentrándome en una calle estrecha, sinuosa y sin cruces, de la que no podía salir hasta el final. Averigüé muy pronto el resultado de mi decisión: me había conducido al sur del barrio blanco. Los comercios humildes, pero bien cuidados, cambiaban la panorámica de las calles. Grabados y lacados en armonía, ofrecían una imagen congelada en el tiempo, como si la guerra hubiera sorteado unas pocas calles para dejar constancia de la esencia de antaño. A unos pocos metros reconocí la *CG Zarotta* de Vincent, quedé sorprendido, y cuando estaba a punto de acercarme, vi la figura de Vincent junto con su ex suegro, el Sr. Fungus, saliendo de un portal.

Por prudencia, me quedé rezagado, observando las gesticulaciones de ambos, que parecían estar enzarzados en una disputa. Me preguntaba porque Vincent me había dicho que se quedaría buscando a Wayra y cuidando de las chicas, si no iba a cumplir con su palabra. Tras esos pensamientos aparecieron otras sombras en mi mente: ¿qué hacían esos dos hombres allí, y a que venían sus desavenencias? Preferí pasar inadvertido, y desde cierta distancia seguí observando.

El Sr. Fungus parecía nervioso y muy agitado, mientras la gesticulación amenazante de Vincent, segura y desafiante, crecía. No podía entender las palabras que se cruzaban, pero el ambiente era totalmente desaconsejable para aparecer con un ¡hola que tal! Fuese lo que fuese, supuse que no me concernía, aunque mi curiosidad me hizo permanecer estático, como un detective tras su presa.

Tras unos minutos, observé como Vincent se marchaba en su moto, apareciendo en escena dos hombres, que por su físico debían ser guardaespaldas del Sr. Fungus. Estos, bastante sumisos, recibían indicaciones, y en un momento desaparecieron de allí. Aún seguía medio escondido cuando me pareció haber sido descubierto, no esperé ni un segundo más, no necesitaba añadir problemas a mi rutina diaria, seguí un camino adyacente para evitar encontrarme con aquel intimidante personaje.

Desde la primera vez que había conocido al Sr. Fungus, me había parecido un hombre peligroso, quizá no era un tipo como el Lengua Sellada, pero me daba la impresión de que era un mafioso encubierto. Tras la ruptura de Vincent con Jordana no entendía la posible relación que parecían mantener, aparte, no me había quedado claro que negocios ocupaban al prestigioso Sr. Fungus, pero posiblemente no tenía de qué preocuparme, su mundo distaba demasiado del mío.

La estrecha calle que había escogido para seguir mi camino me llevó a una de las entradas del puerto. Merodeé como un turista, fijándome en los locales y en los bares. El olor a sal, junto con la brisa marina, se mezclaban neutralizando la miseria. Tras un par de vueltas encontré el Port y Mar, y en su interior al mismo camarero con aspecto decaído, posiblemente por el poco movimiento de clientes. Nada más entrar me reconoció, aquello era una muestra de su buen oficio.

— Hoy no es usted mi primer cliente. ¿Qué le apetece, un café o un vino?

— Vengo por su café de medio dinar.

— Eso ya no es posible. Para el poco stock que tengo, el precio es de un dinar.

— ¡Vaya! ¿y eso?

— No me diga que no escucha las noticias. El proveedor ha sido asesinado, y la oferta queda a la espera de los próximos acontecimientos. ¡Pero piénselo, sea como sea es una ganga!

— Venía decidido a tomarlo y no me voy a echar atrás. Póngame uno de sus maravillosos cafés con leche.

— Así me gusta. Sabe… me carcome la incertidumbre, si alguien tan importante como Oswald Cartwright ha sido asesinado, siendo como era un benefactor ¿hay alguna oportunidad para la gente decente?

— ¿De verdad cree usted que Oswald Cartwright era un alma pura?

— Por su tono deduzco que usted no lo cree.

— Puede que desde hace años dedicase parte de su riqueza a realizar actos humanitarios o filantrópicos, pero su fortuna viene de la extorsión. Por ello, créame, no hay que guardar duelo.

— Yo solo sé que si no fuera por su generosidad, usted no podría tomarse ese café.

— Está bien, quizá esté equivocado.

Nuestra conversación no iba a llegar a buen puerto, por ello decidí no seguir discutiendo con el pobre camarero, ya que a mi entender, idealizaba sin escarbar en el pasado de ese gran mafioso. Seguí saboreando mi café, escuchando las maravillas filantrópicas que el Lengua Sellada había realizado los últimos años, y las maldiciones viperinas y de desprecio contra Bruno. El café, que debía ser un auto regalo, se me estaba agriando antes de llegarme al estómago. No necesitaba oír vilezas infundadas y deformadas de alguien que desconocía totalmente a mi hermano. Mi disgusto empezaba a ser más que evidente, necesitaba controlarme para no responder y entrar en una batalla verbal perdida de antemano.

Pagué el café con leche y dejé algo de propina, en realidad sabía que aquel pobre infeliz no tenía culpa de pensar a su manera. Las noticias se extendían rápidamente entre la gente, los rumores distorsionaban la realidad, convirtiendo a Bruno en un monstruo de la peor calaña. Atajé por varias callejuelas con la intención de llegar a la Taberna de los Muertos. De repente, desde un portal escuché una voz susurrada diciendo mi nombre. Estaba oscuro, no obstante, me acerqué.

— Malcom, ayúdame.

— Tú, ¿tu aquí?

— Necesito que me ayudes. Llévame contigo, escóndeme.

— Eres increíble, mentiroso hijo de…

— Pero soy tu hermano.

— Eres un asesino.

— Yo no he matado al Lengua Sellada.

— Claro, por eso la poli te busca.

— Debes creerme, no he vertido su sangre.

— Trabajas para Korinna, ¿pretendes desmentirlo?

— Es cierto, trabajo para Korinna, pero no he asesinado al Lengua Sellada. Ayúdame, me siento acorralado en Tetrasco. Eres mi hermano.

— No, Bruno, no puedo protegerte, tú te has convertido en escoria, has manchado nuestro apellido, y has deshonrado la memoria de nuestros padres.

— ¡Ah, vamos! Que yo sepa solo hay una línea entre tu manera de actuar y la mía.

— Yo no soy un mercenario, no he matado más que en la guerra, y no lo haría por dinares.

— Eres un idealista, por eso recurro a ti. Mírame, soy Bruno, y te necesito.

— No pondré en peligro a nadie más, pídele ayuda a Liberto Korinna, estoy seguro que él tiene recursos, y por tal y como le has servido no te negará la ayuda.

— No he asesinado a Oswald Cartwright, debes creerme.

— Te vieron en aquel local, te identificaron. Embustes y más embustes, ¡ya basta!

— Debes creerme, ha sido un tipo llamado Cratzzo. Yo estaba infiltrado. Eso era lo que deseaba Korinna, para poder adelantarse a sus pasos.

— No, que estupidez, ¿pretendes que crea que Cratzzo es el asesino?, no tiene ni pies ni cabeza.

— Te lo aseguro, le reventó el vientre hasta llegar al corazón con una daga turca.

— Y tú pudiste verlo todo y ni lo impediste ¡bah, venga!

— ¿Quién crees que ha hecho correr el rumor de que he sido yo? Fui a socorrerle, mis ropas están impregnadas de su sangre, el asesino aún estaba allí, la gente empezó a acercarse y... ¡por Dios, es un malentendido!

— Ya, has sido víctima de una encerrona. ¿De verdad crees que soy tan imbécil?

— Es cierto, Malcom, te lo suplico, no tengo donde ir.

— Has vivido durante muchos años sin mí, sigue tú camino y olvídame.

— ¿Eso es lo que predicas? ¿Te crees mejor que yo y aun así me das la espalda? Solo nos tenemos el uno al otro.

— Hace mucho que te perdí, eres veneno puro, mataste a nuestro padre.

— Puede que alterase su vida, de la misma manera que él alteró la mía, pero yo nunca le hubiera hecho daño, y lo sabes.

— Te has convertido en un asesino.

— Me he convertido en un superviviente, igual que tú, solo que de otra manera. Asesino por dinero, sí, no lo niego, pero no he matado a Oswald Cartwright. Sigues siendo mi hermano, y te estoy pidiendo ayuda. Llévame con las chicas.

— No puedo ayudarte, no pienso ponerlas en peligro. Adiós, Bruno.

Mientras me alejaba de él, mantenía su imagen clavada en la retina, me daba la impresión de que iba a ser la última vez que le vería. No quería ser frágil, aunque deseaba girarme, seguí adelante, la suerte de Bruno no dependía de mí, esa era mi convicción.

Necesitaba un whisky, no, necesitaba una botella, la decisión que había tomado era contraria a los sentimientos que albergaba hacia Bruno, al fin y al cabo, siempre sería sangre de mi sangre.

Seguí mi camino con gran pesar en mi alma, la tristeza me invadía de congoja, asfixiándome. Resultaba extraño que recapacitase sobre mi vida a partir del momento de mi regreso a Tetrasco, en mi mente podía ver las imágenes de los buenos y los malos momentos, entremezclándose sin seguir una línea estructural. Ganaban por mayoría las secuencias de tristeza, miedo, y frustración. Tantas muertes bailaban sobre mi cabeza que si existía un cielo y un infierno, decididamente estaba en el averno.

Durante la guerra civil, la muerte era una compañera más, sabías que siempre estaba al acecho, al igual que la soledad, el hambre, y la enfermedad. Pero la muerte terminaba con el dolor, de alguna manera, casi era bienvenida. La guerra había acabado, sin embargo, las secuelas persistirían durante años.

Tras andar tres calles llegaría a mi destino: La taberna de los Muertos, ese lugar rompería mi negra nube mental y emocional. Necesitaba disipar mis pensamientos cuanto antes. No podía ser sano castigarme una y otra vez por la desgracia propia y ajena, yo no era como Atlas, el joven titán que debía sostener estoicamente el peso del cielo.

Al entrar en la Taberna de los Muertos pude apreciar el aspecto desolado del Tuerto, parecía mermado, como si hubiera encogido.

— Ponme una botella y dos vasos.

— ¿Esperas a alguien?

— No. Anda, acompáñame. Te vendrá bien un trago.

— Sabes que yo no bebo.

— Ya lo sé, pero no me gusta beber solo, y aquí no hay ni un alma, excepto la tuya.

— Vale, me tomaré uno, no me vendrá mal.

— Te veo preocupado.

— Estoy cansado, eso es todo. ¿Supongo que ya sabes que ha muerto el Lengua Sellada?

— Te veo turbado, y no creo que sea por Oswald Cartwright.

— Me gustaría pensar que la hilera de muertes ha cesado.

— Te entiendo.

— Desde que salí de la clínica he pensado mucho en todo esto.

— En qué, ¿en la muerte?

— Nada es como antaño, nos hemos vuelto alimañas.

— ¡Tuerto, por Dios! que lo que necesito es evadirme.

— Lo siento, llevo un mal día.

— No me hables del día, que aun no entiendo cómo, pero da igual que empiece bien, que al final se tuerce. Podríamos hacer un concurso para ver quién tiene el peor día.

— Bah, que estupidez.

— Cuenta ¿qué te ha pasado?

— Ayer Cratzzo estaba muy nervioso, yo siempre me ocupo de todo, eso ya lo sabes, pues le pedí poder librar hoy un rato para hacer gestiones administrativas, y el muy capullo, con una mirada de odio me dijo que ni hablar, que mi obligación era cumplir con mi trabajo, le contesté: ¡como si en alguna ocasión hubiera fallado! Entonces él me restregó el tiempo que falté por el accidente. Me pareció una vileza.

— Desde luego no es muy correcto, debía tener un mal día.

— Y eso no es todo, hace unas horas salió disparado con mucha prisa, y cuando regresó al cabo de dos horas, estaba empapado de sudor y con los ojos espantados.

— Puede que algún negocio le fallase, ya sabes que es un usurero despiadado.

— En fin ¿y a ti que te ha pasado?

— Me enteré de que Bruno es un mercenario. Lo peor es que me mintió, intentando colarme que era poli. Tras ciertas averiguaciones por parte de Vincent, supimos que él trabaja para Korinna, aunque se infiltraba en las filas del Lengua Sellada. La poli le busca por asesinato, y el muy cobarde viene a mí intentando que le saque las castañas del fuego. Además ha tenido la desfachatez de volverme a mentir, asegurándome que él no ha matado al Lengua Sellada. Si le hubieras visto la ropa impregnada de sangre… No podía caer más bajo.

— Ahora que me acuerdo, hay algo más: Cratzzo, según he oído, ha estado por ahí preguntando por tu hermano. Me pareció extraño, pues nunca ha tenido tratos con él.

— ¿Ha estado preguntando por Bruno? No, no tiene mucho sentido. Anda, tómate otro.

— Cada día hay más ladrones. La miseria saca lo peor de la gente.

— Eso es cierto.

— ¿Quieres creer que hasta han robado aquí, en mis propias narices?

— Pues ya debe ser difícil sustraerte un billete de tu caja registradora.

— No, a la caja no le han metido mano, pero ¡mira! ¿ves aquel hueco en la pared? Han birlado la daga tunecina.

— Joder, la daga tunecina, ¡Entonces es cierto! Ha sido Cratzzo quien ha matado al Lengua Sellada.

— Eso no es posible, Cratzzo no es un sicario.

— Bruno me dijo que fue él, con una daga tunecina. Yo pensé que estaba escurriendo el bulto, pero… si ahora le busca es porque quiere acabar con él antes de que Bruno pueda demostrar su inocencia.

— Me estoy perdiendo, Sombra.

— Toma, cóbrate, y lo que sobra para el bote. Tengo que encontrar a mi hermano.

Empecé a devorar las calles, debía encontrar a mi hermano. Las copas que me había tomado nublaban mi mente, pero no tenía tiempo que perder. El puzzle seguía sin encajar, no tenía ni idea de los motivos de Cratzzo para acabar con el Lengua Sellada, pero la clave estaba en la daga tunecina. Bruno no había mentido, por algún motivo le habían preparado una trampa. El señuelo estaba en el lugar correcto para cargar con una muerte que no le correspondía. Había venido a mí, pidiéndome auxilio, y yo le había despreciado, y le traté como a un despojo.

El silencio sepulcral de las calles me parecía estremecedor. De repente, una idea iluminó mi espesa mente. Recordé que en alguna ocasión, cuando Bruno quería esconderse, iba al cementerio de Sacro Court, una barriada al noreste de Tetrasco. Podía intentar llegar hasta allí, nada podía perder, más que tiempo, aunque precisamente jugaba contra reloj en esta maratón.

El barrio de Sacro Court se había formado alimentándose de las pequeñas aldeas que estaban en las afueras. Gentes elitistas y filosóficas, habían escogido aposentarse en aquel lugar, debido al retiro solemne de un gran chamán que fundó la comunidad religiosa Animista. Ésta comunidad religiosa fue creciendo entre las gentes, al venerar las fuerzas de todo aquello que existe, tangible o intangible.

Físicamente estaba al límite de mis fuerzas, no obstante, sabía que si Bruno había recurrido a mí, era por que no tenía a nadie más. Protegerle era mi obligación. A medida que me acercaba a Sacro Court, un paisaje próspero y vital transformaba en irreal la existencia de aquella pasada guerra: hileras de árboles adornaban las calles, junto a pequeños jardines, discretos y austeros.

Paré un minuto para coger aliento, pues era cuesta arriba. Tan solo me quedaban por recorrer unos metros, para llegar a una de las entradas del cementerio. Estaba tal y cómo lo recordaba. El muro de granito impenetrable, ajado por el desgaste inclemente, conformaba un aire espectral, deteniendo el tiempo. Sacro Court era un lugar muy especial en nuestra familia, tanto mi madre como mi abuelo habían sido enterrados allí. Hacía muchos años que no visitaba sus tumbas, pero ese no era el momento de pensar en los muertos. Sí aún conocía a mi hermano, estaba seguro de poder hallarlo allí.

Para él, aquel cementerio era un lugar de meditación. Tras su desaparición de casa de mi padre, en nuestras esporádicas visitas al cementerio de Sacro Court, advertimos la limpieza de los matojos de alrededor de las tumbas, y cuando mi padre agradeció al guarda aquella gentileza, supimos que el cementerio no se ocupaba de esos menesteres, y que Bruno, aunque había desaparecido de nuestras vidas, seguía ligado a nuestros muertos.

El cementerio era un lugar de sosiego, la calma ambiental tan solo era alterada por la brisa juguetona, que en su coqueteo, balanceaba las copas de los cipreses. Me dirigí a la tumba de mi madre, la lápida estaba limpia, y unas blancas florecillas silvestres esparcidas encima, me indicaban que él había estado allí. No me sorprendió, sin embargo, me llamó la atención una enorme piedra en el centro. Desplacé la piedra hacia un lado, y descubrí una nota dirigida a mí:

"No he sido un buen hijo ni un buen hermano, aunque jamás he deseado ningún mal a los míos, soy merecedor de lo que se avecina."

Aquella nota era una despedida, Bruno se había dado por vencido, aceptando su destino. No podía dejar que muriese injustamente, debía encontrarle. Mi frustración se acrecentaba, si alguien tenía la respuesta de su escondrijo, ese debía ser yo, pero mi mente en blanco se negaba a colaborar en su hallazgo. Tras unos minutos se me ocurrieron mil lugares estúpidos, como la biblioteca, o la antigua y semi destruida casa familiar, pero algo en mi interior me decía que él no se escondería allí.

Antes de salir del cementerio visité la tumba de mi abuelo. Necesitaba inspiración, y quizá aquella calma me podía ayudar a encontrarla. Mi abuelo siempre nos decía que mirásemos en nuestro interior para hallar respuestas, que todo y todos estábamos conectados con las fuerzas de la naturaleza y con los espíritus.

Cerré mis ojos y puse mi mano totalmente extendida en la fría lápida, un calambre recorrió mi cuerpo, y una intensa luz blanca apareció ante mí. Tras ella, las imágenes de mi madre junto a mi abuelo, sonreían relajadamente. De repente, estaba en medio del mar, vestido, y podía ver a mi madre y a mi abuelo frente a mí, tristes, mostrándome a mi hermano en la orilla.

Abrí los ojos, percatándome de lo empapado que estaba por culpa de la tormenta que acababa de empezar. La lluvia seguía empapando la tierra, mientras yo corría sin cesar hasta la playa para encontrar a Bruno. Mi abuelo y mi madre me habían comunicado dónde se hallaba. Jamás había creído en el animismo, pero este era mi segundo sueño guiado. No podía perder ni un segundo, tenía que llegar a la playa, encontrar a Bruno, y ponerle a salvo.

Necesitaba encontrarlo y decirle que siempre estaría a su lado, que nuestros lazos eran mayores a ningún otro, y que podía demostrar su inocencia.

Me costaba avanzar a través de aquella espesa cortina de lluvia, sus gotas afiladas como agujas pinchaban mi cara, impidiéndome ver más allá de un palmo. Sin ser de noche, el cielo se había oscurecido casi por completo. Seguí avanzando torpemente hacia la playa, resbalando un par de veces. Nada me iba a impedir llegar hasta él.

Las sirenas de la policía se oían a lo lejos, aquello era un mal augurio, pero no podía ni quería pensar en ello. La playa estaba muy cerca, podía oler su salada fragancia en el aire. Tras recorrer unos escasos metros, al fin llegué. Su inmensidad se tornó insignificante en mi corazón, al contemplar una barrera de coches policiales y la llegada de una ambulancia. Seguí adelante con furia e impotencia. Mis ojos, inundados de lágrimas y de lluvia, me impedían contemplar totalmente la escena.

Un cuerpo totalmente cubierto estaba siendo trasladado desde la camilla a la ambulancia. Necesitaba cerciorarme, así que grité como un loco hasta conseguir que me dejasen ver su cara.

Por fin, un auxiliar levantó la sabana, mostrándome su rostro. *Era mi hermano*, susurré. Bruno estaba muerto, los policías deseaban hacerme preguntas sobre él. Mi hermano había muerto de un solo disparo en el corazón. Me sentí como si parte de mi alma muriese en ese momento, y de repente todo tenía sentido, mi abuelo y mi madre sabían lo que sucedería, y por ello no sonreían al mostrarme a Bruno. Toda mi pena se convirtió en una llamarada de furia. Ardía, alimentando el fuego con odio. Conseguí salir del círculo policial, las voces se volvieron difusas, tan solo perduraba un sonido: el mar.

Me había retirado de la escena unos cien metros, la lluvia empezaba a amainar, la ambulancia había desaparecido, y el séquito policial tras ella. Quedé postrado, de rodillas en la arena mojada, mirando el mar. Mi pesar me impedía moverme, sentía que nada valía la pena.

Pasaron varias horas, en realidad perdí la noción del tiempo, pero la noche parecía abrirse paso, mostrando la luz difusa de alguna tímida estrella.

Conseguí levantarme, mi cuerpo estaba aturdido como si una apisonadora hubiese fracturado cada minúsculo hueso del mismo. Mi mente permanecía en blanco, era como una burbuja flotando sin rumbo.

No había llegado a tiempo, y no podía perdonármelo. Había sido un estúpido y un insensato al reaccionar a destiempo ¿Quién me había creído que era yo? ¿Estaba por encima de él? ¿Era yo mejor persona moralmente? Mi estupidez había conseguido matar a mi único vínculo de sangre, nada me lo retornaría. De nuevo sentía que una furia me invadía, frustración odio y cólera parecían mezclarse de una manera sutil, creando ira en todo mi ser. Podía haberle salvado, podía haber recuperado a mi hermano, y la única oportunidad se me había escapado de las manos, como el agua se desliza entre los dedos.

Me sentía desolado, mi corazón vacío no encontraba reposo, y mi mente, erigida como un juez de la corte suprema, castigaba sin compasión mis errores.

No sabía si estaba perdiendo la poca lucidez que me quedaba, de algún modo sentía que yo había muerto junto a mi hermano. El ser que habitaba en mi cuerpo no era yo, de alguna manera me estaba transformando en un frio y despiadado asesino con sed de venganza.

No había vuelta atrás, el ojo por ojo era tan ancestral como el mundo. La muerte estaba de suerte, yo iba a ser su guadaña.

Capítulo 14: La Venganza no es tan dulce.

Vagabundeé como una bestia hambrienta, nada me importaba, tan solo cumplir con la misión impuesta. No había ningún sentimiento, la cólera quedaba apaciguada en la sombra, esperando su turno. No existía el ayer ni el mañana, tan solo el momento. A cada paso que daba, aumentaba la sensación de poder. Algo recorría mi cuerpo, agitándolo. Sí, era la furia, podía saborear un gusto plomizo y amargo. La miseria de las gentes alimentaba mi indiferencia, ya nada podía afectarme, inmune al dolor, insensible a la pobreza y reconfortado en la mezquindad. Totalmente un hombre nuevo, sin debilidades ni culpas, una maquina fuerte dispuesta a todo.

No iba a ser difícil encontrar a la rata de Cratzzo. Los años que había trabajado para él guiaban mis pasos. Me aposté frente a su casa, no tardaría mucho en ver algún movimiento. No habían pasado más de siete minutos cuando la puerta de entrada se abrió, y dos gorilas de Cratzzo salieron para hacer sus encargos. Seguí a la espera, paciente, calculando cada detalle en mi mente. A los pocos minutos, Cratzzo salió de su ratonera. Me dispuse a seguirle a cierta distancia.

Tras recorrer varias calles, entró en una pequeña tienda de compra venta. Para no ser visto, me quedé a unos metros de distancia, resguardado en la sombra de un portal. No tardó en salir con cara de satisfacción, recorrió unos metros más, entrando en unos antiguos baños turcos. No perdí mi ocasión, retrocedí con premura aquella distancia hasta llegar a la tienda de compra venta, y sin pensarlo, entré dispuesto a saber cuál había sido su transacción.

La tienda estaba llena de objetos de toda índole, clasificados con pequeñas etiquetas, en las que se indicaba su precio junto con un código de color. Esta era una manera de diferenciar los objetos de venta inmediata de los que podían ser recuperados por su dueño. Los pasillos resultaban caóticos, las hileras de objetos apilados desvanecían la posibilidad de cualquier apreciación.

— Buenas tardes. No quiero perder el tiempo, la última persona que ha entrado en su tienda es un familiar que suele empeñar y vender cosas que no le pertenecen. Necesito que me diga que ha sido esta vez.

— Estoy a punto de cerrar y no quiero líos, el objeto es una …

— ¿Una daga tunecina tal vez? No sabe la de veces que he tenido que recuperarla. Era de nuestra familia, y ha pasado de generación en generación.

— En efecto, es una daga tunecina. Pero si la desea recuperar deberá pagar trescientos dinares.

— Por supuesto. Usted le ha pagado la mitad, y ahora saca un buen beneficio.

— El negocio es el negocio.

— Tome los trescientos.

— Si desea usted alguna otra cosa… solo tiene que decirlo.

Salí de la tienducha con aire contrariado, aunque tan solo era una pose de cara al dueño del negocio. Lo cierto es que me sentía satisfecho, había recuperado el arma del delito. Caminé de nuevo hasta los baños turcos, y sin pensarlo dos veces, entré.

La sala de recepción era sencilla: un mostrador repleto de carteles anunciaban los múltiples beneficios de los distintos tratamientos que se podían adquirir. Sus gruesos muros lo aislaban del clima exterior, favoreciendo una temperatura idónea. Aquello también me reportaba una ventaja: el sonido quedaba enclaustrado. Si decidía matarle, era el lugar perfecto.

Seguí las indicaciones del hombrecillo que me atendió, que con cara de aburrimiento, me extendió un ticket a cambio de unos dinares. Pasé a una sala, donde de manera piramidal, cientos de toallas de diferentes medidas aguardaban a los clientes. Recogí las necesarias, junto a una de más. Guardé en taquilla mis ropas, envolviendo en una toalla la daga, y busqué a Cratzzo por las distintas estancias con cierta dificultad, debido al vaho acumulado. No di con él a la primera, pero lo encontré en la sala templada. Por suerte para mí, a esas horas la mayoría de clientes se habían marchado a sus casas. Cratzzo estaba solo, me acerqué a él, y se sorprendió gratamente al verme allí.

— ¡No sabía que frecuentabas los baños!

— Lo cierto es que te he visto entrar y me ha picado la curiosidad.

— Pues si te animas… en dos semanas te aviso, y así hablamos.

— Hablemos ahora. ¿Te has enterado de la muerte del Lengua Sellada?

— Sí, y también de la de su asesino.

— ¡Ah!, ¿han matado a su asesino? ¿quién? ¿la poli?

— No, la poli lo ha encontrado muerto de un balazo. Eso he oído.

— Parece un ajuste de cuentas.

— Sí, lo más seguro es que alguno de los esbirros le viera y se lo cargara.

— ¡Vaya! Es curioso, ¿no te parece?

— ¿El qué?

— Que no le matasen justo inmediatamente. Que yo sepa, el Lengua Sellada siempre iba con escolta.

— ¡A saber! quedará para los anales de la historia.

— Sí, es posible... o quizá no ¿Reconoces esto?

— So... Sombra ¿Qué haces con esa daga?

— Mostrártela ¿la ves? Apostaría mi cabeza a que tiene tus huellas.

— Puede, aunque lo que está claro es que tiene las tuyas.

— Muy agudo ¿Porque mataste al Lengua Sellada? Empieza a hablar.

— Fue un encargo, ya sabes que soy hombre de negocios, y no mato por placer.

— ¿Y porque mataste a Bruno Donahue?

— Es simple, él me vio, ya sabes, un descuido. Me estoy haciendo mayor.

— No tienes ni idea de quien era Bruno, ¿verdad?

— Sí, claro que sí. Trabajaba para Korinna, y estaba infiltrado en el clan del Lengua Sellada. Un matón de poca monta, que ha asesinado a todos tus compañeros de viaje.

— Eso es mentira.

— ¿El qué? ¿Y porque te interesa tanto? ¿Quieres sacar un buen pellizco por tu silencio?

— Él no les mató.

— Despierta, solo he liquidado a una rata ¿Qué más te da?

— Yo voy a liquidar a otra.

— Pero… ¿estás loco?

Forcejeamos violentamente, no había marcha atrás, su vida debía ser erradicada de forma agónica para saldar la cuenta que tenía pendiente. Se lo debía a Bruno, Cratzzo le había incriminado, quedando como un asesino, y para que nadie pudiera creer en él, le había dado muerte. Todo muy conveniente, pero yo sí sabía la verdad, y él debía morir.

Un segundo de descuido fue suficiente para que la daga entrara en su cuerpo, hundida hasta el fondo, como si atravesara mantequilla. Cratzzo me miró, intentando comprender. Sabía que le quedaban pocos minutos de vida. Mientras extraía la daga, le tapé la boca para que no gritara, y me acerqué a su oído susurrándole:

— Bruno Donahue era mi hermano.

Sus ojos, espantados por el dolor y la incredulidad, decían mucho más que cualquier palabra. Se le acababa el tiempo, y se daba cuenta de su propia estupidez por no haber tenido la suficiente información. Le destapé la boca, pero no gritó. Cratzzo no era como Darko, su orgullo le impedía marcharse de este mundo de una manera impropia. Me quedé mientras aún tenía aliento. Deseaba prolongar su sufrimiento, y conseguí mantenerlo allí, envolviéndolo con varias toallas que se impregnaban de su sangre, que con demasiada prisa escapaba de su cuerpo.

Finalmente, un pequeño suspiro me alertó de su muerte. Cerré sus ojos y lo ladeé, dejándolo en una postura relajada. Envolví la daga en una toalla limpia y salí de allí. Me cambié rápidamente y salí con tranquilidad de aquel establecimiento.

Mientras caminaba, me daba cuenta de lo fácil que había sido matar. Por puro instinto, mis pasos me guiaron hacia el mar. Estaba aturdido, me parecía irreal lo que acababa de suceder, pero sabía que no había sido un sueño. Llegué a la playa y contemplé el mar, el tiempo parecía detenerse frente a tal hermosura. Recordé que aún llevaba la daga, me dirigí al espigón y desde allí la lancé al agua, para limpiar mi dolor.

Era la primera vez que había cruzado aquel umbral, y lo que me producía más escalofríos era lo fácil que me había resultado.

Intentaba recapitular, entender lo que había sucedido. Jamás había atentado contra la vida de nadie y de repente me había convertido en un asesino. Despiadado, frio y calculador, había actuado con temple, sin miedo, y lo peor de todo, con ansias de ejecutarlo.

Aquel pensamiento me revolvía las tripas, y en unos segundos, recordando los ojos de Cratzzo, vomité.

No, yo no era un monstruo, aunque momentáneamente me había vuelto un animal despiadado, pero gracias al cielo, aún discernía entre el bien y el mal.

El cielo, gris oscuro, anunciaba una nueva tormenta. Debía darme prisa si deseaba resguardarme. Me dirigía a mi casa, tenía necesidad de asimilar todo lo acontecido. Al pasar cerca del Mádelen, sus luces llamaron mi atención. Recordé a Lua, voluptuosa y con carácter, era un bombón exótico, que desgraciadamente no tastaría.

Si mi sexto sentido no erraba, ella habría cumplido su palabra, y Sebastiano estaría en libertad. La Taberna de los Muertos estaba abierta, por un momento me sentí indeciso, por un lado deseaba tomar una ingente cantidad de whisky, que me hiciera olvidar por un rato o hasta la mañana siguiente mis actos, sin embargo, no deseaba hablar con el Tuerto, me daba la impresión de que en mi frente llevaba un cartel en el que se podía leer ASESINO. Al final, decidí arriesgar, y entré.

En la barra tan solo había dos o tres personas ahogando sus penas, pero en las mesas, un grupo de hombres de mediana edad, a los que no había visto nunca, parecían estar animados celebrando algo.

Fui hasta la barra, y con un gesto indiqué al Tuerto que dejase la botella para mi uso y disfrute. El algarabío de aquel grupo de gente me intrigó, y con curiosidad, le pregunté al Tuerto:

— ¿Se sabe que celebran?

— La muerte del Lengua Sellada ¿Qué si no se celebraría en una taberna que se llama de los muertos?

— Muy agudo. Anda, pásame el diario, antes de que no consiga leer ni una línea.

— ¿Tanto vas a beber?

— Todo lo que mi cuerpo aguante.

— Ten. Yo ni siquiera he tenido tiempo de leer los titulares.

Me enfrasqué intentando ignorar el jolgorio de aquellos hombres. La noticia de la muerte de Oswald Cratwright estaba primera en portada. El asesinato misterioso de Bruno Donahue, con tan solo cuatro líneas, aparecía en las páginas de sucesos. Pero lo que realmente me sobresaltó fue la noticia que venía a continuación:

Emblemático periodista asesinado por la espalda

Vincent Tucker, periodista de investigación de esta redacción, conocido por sus polémicos descubrimientos, ha sido hallado muerto esta tarde en su residencia. Pocas horas antes de su hallazgo, Vincent Tucker había contactado con su ex novia, Jordana Fungus, hija del empresario y banquero Peter Fungus, quien encontró su cuerpo acuchillado por la espalda, y totalmente desangrado. La señorita Fungus había sido citada por el fallecido una hora antes. Las líneas de investigación quedan abiertas ante este suceso, y desde nuestra redacción sentimos humanamente y profesionalmente la enorme pérdida de nuestro colaborador. El sepelio ha sido fijado para mañana a las diez en el cementerio de Sacro Court.

Mi cara debía ser blanca como el papel, cuando el Tuerto interrumpió:

— Da la impresión de que has visto a un fantasma.

— Lee.

Cogió el diario y empezó a leer, al cabo de unos minutos, su rostro se veía compungido.

— Tu hermano y tu amigo también han muerto ¿Qué está ocurriendo?

— Tampoco lo entiendo.

Aunque no había sido totalmente sincero, ya que sabía de la muerte de mi hermano, sí que me impactó la noticia de Vincent. Me parecía estar viviendo en una película experimental, de aquellas que al finalizar te quedabas con cara de boniato, sin entender el sentido de la misma.

— Supongo que acudirás al entierro de tu hermano.

— No voy a reclamar su cuerpo.

— Irá a la fosa común. Te acompañaría al de Vincent pero... mañana entierran a Sebastiano junto a Circe.

— ¿Ha muerto?

— Pensé que lo sabías.

— Pero... Lua me prometió que retiraría los cargos...

— Y lo hizo. Sebastiano salió esta mañana, pasó por aquí y se bebió un vodka. Me explicó que iba a ir al Mádelen, para pedir perdón y quedar en paz. Unas cuantas horas más tarde, un cliente que solía contratarle para chapuzas de tejados fue quien lo encontró, en su casa, colgado de una viga.

— ¿Se suicidó?

— Sí, creo que sentía demasiado la pérdida de Circe.

— Pero eso no es motivo para…

— Sebastiano era más sensible de lo que aparentaba.

— ¡Joder! Ya no puedo más.

— Tranquilo, que vas a asustar a la clientela.

— Vaya clientela, las personas decentes no van celebrando la muerte de nadie, aunque se tratara de la peor de las ratas.

— ¡Vale! Baja la voz y vete a casa.

— No tengo casa, ni hermano, ni amigo… lo he perdido todo.

— Vale, vale, cálmate.

Dos de los hombres del grupo de la celebración se acercaron a la barra, preguntándole al Tuerto si necesitaba ayuda para deshacerse de mí. El Tuerto, con mucho tacto, les explicó mi tragedia. Ellos, al escucharla, intentaron conectar por el lado más humano.

— Joder tío, lo siento. Pero tú sigues vivo, y quién sabe lo que pasará mañana. Anda, ven con nosotros y remoja tu gaznate.

Miré sus caras y me pareció graciosa aquella situación. Aquellos tipos eran sencillos, posiblemente se habían quedado fuera de sus negocios. La mayoría eran pescadores y comerciantes que no habían acatado doblegarse ante las imposiciones de Oswald Cartwright, y que se habían quedado sin su parte del pastel, hundiéndolos en la miseria, en un limbo eterno ¡Y que diablos! Ellos sí tenían derecho a celebrar que su opresor había desaparecido para siempre. Me uní a ellos, total, seguía sin gustarme beber solo, y el Tuerto, en sus convicciones, era demasiado duro de roer.

Me senté junto a ellos y se fueron presentando. Aunque no podía recordar sus nombres, y tampoco tenía mucho que compartir, se ocuparon de mantener mi copa llena. Los brindis se seguían unos a otros, hasta que uno de ellos irrumpió con júbilo:

— ¡Bravo por Bruno Donahue!

La estela iba a ser imborrable, Bruno iba a ser recordado por un hecho que no había cometido. Hasta parecía irónico que le alzasen como a un héroe, cuando tan solo había sido una víctima de toda esa trama

Tras escuchar aquel brindis por mi hermano, el Tuerto, como un padre vigilante, parecía estar preocupado por mi reacción. Los canturreos de borrachos se sucedieron, sin embargo, yo seguía sin abrir la boca más que para engullir tragos de alcohol. Mi estado empezaba a ser lamentable, en un par de ocasiones estuve a punto de caerme de la silla. No importaba nada, si la realidad estaba deformada creando héroes que no existían, yo distorsionaba mi realidad, descomponiéndola en pedacitos de un caleidoscopio. Todo era una gran mentira, la vida jugaba conmigo con demasiada ventaja, y por mucho que intentase engañarla, ella siempre iba por delante de mí.

Por el efecto del alcohol y para que aquellos hombres siguieran siendo mis benefactores hice un brindis:

— Por Bruno Donahue, mi hermano.

La taberna quedó en silencio, los hombres que me rodeaban empezaron a mirarse los unos a los otros. El Tuerto me miraba recriminando mi poco sentido común, y antes de que aquellos hombres empezasen a preguntar, intentó sacarme de allí.

Mi negativa, debida a la embriaguez, hizo desistir al Tuerto, que de nuevo se posicionó tras la barra, mientras observaba sin perder detalle lo que estaba a punto de suceder.

— Oye amigo, ¿Cómo te llamas?

— Malcom.

— ¿Donahue?

— Si.

— Tenemos aquí al hermano de un héroe ¡Vamos! ¡tres vítores por él!

Los vítores se sucedieron, y yo enardecido por el alcohol, me crecí:

— Un brindis por el café de Cartwright, que mañana voy a necesitar.

— Compañero, por nada de ese tipo podemos brindar, aunque por tu cogorza si lo haremos.

Siguieron las risas por mi lamentable estado. Tampoco era tan extraño, aquellos hombres estaban fuertes, y seguramente habían comido, no como yo, que a la más mínima vomitaba lo poco que conseguía retener.

Ya estaba casi completamente al filo de perder el sentido, cuando una preciosa mano de mujer me retiró el vaso de whisky. Los muchachos renegaban cuando entre el Tuerto y aquel ángel de mujer, izaban mi cuerpo de la silla, incorporándome y dándome a beber un jugo amargo. Casi no podía abrir los ojos, pero cuando por fin lo conseguí, vi que Lua era mi ángel.

— Vamos Sombra, pon algo de tu parte.

— Voy a necesitar su ayuda. Le llevaré al Mádelen, allí se le pasará la cogorza.

— No puedo dejar el local.

— Ni lo pretendo, solo necesito un par de hombres fuertes para llevarlo fuera y que le dé el aire

Mis compañeros y benefactores de aquella trompa se ofrecieron, disputándose la ocasión de pavonearse delante de una amazona como Lua. Varios de ellos me sacaron en volandas, mientras Lua vigilaba que no me soltasen de mala manera. Quedé sentado en el asfalto como una marioneta sin dueño.

Pasaron unos minutos, y mi cuerpo empezó a reaccionar por culpa de aquel mejunje amargo que me habían hecho tragar. Convulsioné y vomité hasta la bilis, pero aunque mi cuerpo estaba vencido, mi mente parecía volver a funcionar.

— En unos minutos, en cuanto te sientas con fuerzas, nos iremos.

— ¿A qué has venido?

— Me he enterado por un cliente de la muerte de Sebastiano, y he pensado en ti.

— Estoy bien.

— Si, claro, ya lo veo.

— Ahora me iré a casa, no te preocupes por mí.

— Ahora te vendrás conmigo y no hay más que hablar.

— Lua, tú eres preciosa, pero yo no puedo… ya sabes.

— No seas engreído, no vengo a por ti para eso. Por Dios, tengo a todos los hombres a mis pies.

— Bueno… ahora yo también estoy a tus pies.

Ambos nos reímos, Lua estaba de pie, y mis ojos se perdían entre sus largas piernas. Hice un esfuerzo y me levanté.

Lua insistía en llevarme hasta el Mádelen. Aunque no tenía ganas, mucho peor iba a ser contradecirla, así que me dejé convencer como un corderito.

Apoyado en ella conseguía sostenerme. Tardamos más de lo debido, pero por fin llegamos hasta el Mádelen. Ciertamente había cambiado su aspecto desde la última vez que había estado allí. Un toque de modernidad y de elegancia en aquellas paredes, había transformado su sordidez en un local de alterne de tres estrellas. Subimos la escalinata que llegaba hasta la pasarela donde las chicas solían posar. A derecha e izquierda se encontraban dos pasillos, que llevaban a las habitaciones de las chicas, pero Lua paró justo en medio, frente a la puerta central. La estancia era enorme, un piano de nogal en el centro con varias butacas mullidas cercándolo, al fondo, armarios y cómodas acompañaban a una gran cama digna de un rey, con un palio de madera repujada.

No me sostenía en pie, así que Lua me estiró en aquella mullida cama, y empezó a desnudarme. No puse resistencia, no tenía fuerza ni para levantar una ceja.

Antes de cerrar los ojos, pude ver como en un sueño el cuerpo de Lua, desnudo, firme, y con unas formas redondas que despertarían a un muerto, pero no a un tipo a quién el alcohol había sedado su cuerpo.

Durante la noche, miles de imágenes acudieron a mi mente insana. Soñaba que Lua, junto a otras damiselas desnudas, acariciaban mi cuerpo, despertando mi sexualidad varonil. Aquel sueño placentero llegaba a extasiarme. Los senos de Lua eran dos tartas de nata con una porción de fresa, y yo lamía intentando quedarme con las cerezas, que sensualmente las coronaban. De repente, en la misma habitación aparecía Newen, enfadada, reprobando mi adulterio, sacándome de allí a rastras. Durante el camino, convencía a Newen de mi amor por ella, y nos sentábamos en el Port y Mar a tomar un café, pero Capitán Loco estaba sentado en otra mesa, y empezaba a contarnos sus aventuras en los mares. Cuando me giré, vi que Newen ya no estaba junto a mí, pero Vincent acababa de llegar, y me explicaba que Bruno estaba en peligro. Yo le seguí por las calles hasta llegar al Variopinto, Bruno estaba de rodillas, tapando un cuerpo que no distinguía, hasta que se apartó y pude ver a Tessa totalmente desangrada. Aquella imagen me sobresaltó, y me desperté.

Lua reposaba a mi lado, hojeando un libro. Con dulzura, me miró y me indicó que si aún necesitaba vomitar, había dejado un cuenco en la mesilla. Enrojecí por la situación, pero Lua me acarició la frente y me sugirió que descansara.

Me sentía como un niño, aunque un niño enfermo. Un acto reflejo me hizo mover, y rocé la suave piel de Lua. Estaba desnudo, ella también, y no podía intentar nada. Me sentía paralizado, como si mi cuerpo hubiera dejado de funcionar, sin embargo, mi miembro parecía estar pidiendo guerra.

La cabeza me estallaba, y el simple ruido del pasar las hojas del libro de Lua era como un chirrido de cadenas retumbante. Recordaba la conversación con Lua sobre Newen, ella había afirmado que la esposa del Lengua Sellada había sido una prostituta de las altas esferas. Deseaba que me contase mucho más, pero mi boca pastosa, con gusto agrio y metálico al salivar, me impedía hablar. Finalmente, caí en un sueño profundo, mi padre, mi madre, y mi hermano, estaban junto a mí, alrededor de la mesa, a punto para celebrar mi cumpleaños con un gran pastel.

A la mañana siguiente me desperté, debían ser las ocho de la mañana, lo deduje por la luz que entraba desde el ventanal. Tenía una resaca de mil demonios, pero me sentía más fuerte físicamente.

A duras penas recordaba el día anterior. Los flashes venían a mi mente, inconexos, como si faltasen piezas en el puzzle. Lua no estaba a mi lado, posiblemente tenía trabajo, y yo no quería molestarla, ya había hecho bastante al atenderme la noche anterior.

Me empecé a vestir, cuando Lua me sorprendió. Con ademán de madre me convenció de pasar al baño para ducharme. No quería ser descortés, así que acepté agradecido. Limpio, seco y vestido, entré de nuevo en la habitación, donde para mi sorpresa, reposando en una mesita me aguardaba la mayor tentación: un café bien cargado junto con unas pastas de repostería. Lua no me dio tiempo a decir ni una palabra.

— Vamos, siéntate y come algo.

— ¿Porque haces todo esto por mí?

— ¿Crees en las primeras impresiones?

— No sé qué decirte…

— Yo si creo. Cuando te vi por primera vez, me recordaste a un joven que fue muy importante en mi vida.

— Me halagas, no creo ser merecedor de todas estas atenciones.

— Da igual. Anda, que el café se enfría.

Devoré varias de las pastas que había traído, y con devoción, saboreé aquel café. Mientras, Lua me miraba, pensativa.

— ¿Estas casado?

— No, aunque si algo comprometido.

— ¡Qué pena!

No quise responder. Podía perder mis votos de fidelidad si seguía su juego. No quería defraudarla, y lo más conveniente era desaparecer de allí antes de caer en la tentación. Al finalizar, me despedí de ella con un beso en la mejilla. Sus cabellos desprendían un aroma a jazmín que cautivaban mis sentidos.

Capítulo 15: La validez de las primeras impresiones.

Había desayunado, estaba limpio, y la resaca parecía disminuir. Me sentía algo mejor. El recuerdo de Bruno flotaba sobre mí como un fantasma perdido entre dos mundos. La posguerra me estaba arrebatando todo lo que me quedaba. Mi segundo hermano había sido asesinado por la espalda ¿Qué más podía pasar?

Al alejarme del Mádelen sentí cierta tristeza, Lua merecía un hombre honrado que la amase y la reconfortara. Muchas mujeres se habían dedicado a la prostitución al comenzar la guerra, pero algunas, como Lua, eran mujeres hechas y derechas, que habían dedicado su esfuerzo a ayudar a otros más desfavorecidos a sobrevivir.

Me acerqué a un pequeño kiosco de diarios, al escuchar al chico que anunciaba a gritos la última edición. Miré en mis bolsillos y saqué diez céntimos de dinar para adquirir uno y estar informado. Mientras caminaba para salir de Tetrasco y llegar hasta Newen, me leí los titulares.

Nada parecía cambiar para mejor, la economía era un agujero sin fondos, las pocas empresas que habían subsistido seguían sin arriesgarse a contratar mano de obra, una parte del ejército parecía querer alzarse para implantar una dictadura, y la mafia seguía siendo reverenciada por poseer los hilos que nos manejaban a todos.

Me miré los sucesos, sentía cierta curiosidad morbosa por saber qué dirían sobre el asesinato de Cratzzo. Lo encontré:

Asesinato en los baños de Albaycín

Hallazgo del cadáver de Jamil Cratzzo. El cuerpo sin vida del empresario de origen árabe, Jamil Cratzzo, ha sido encontrado en los baños turcos del barrio Albaycín, donde residía desde hacía más de veinte años. A pocos minutos del cierre, un empleado descubrió su cadáver en una de las salas. Según fuentes de la investigación, la causa de la muerte se debió a un ataque con arma blanca. Las mismas fuentes no han revelado aún una lista de sospechosos, y todo parece indicar que por el momento cuentan con muy pocas pistas de quien o quienes pudieron ser sus agresores.

Bien, nada se sabía de su asesino, por tanto, de momento no tenía nada que temer. Una noticia al final de la página sí que me impactó:

Ha sido hallado el cuerpo sin vida de una mujer en la desembocadura del río Sirt. Aunque no está confirmado oficialmente, todo indica que podría tratarse de la desaparecida hija del empresario Wang, que fue secuestrada el pasado mes de marzo. El cuerpo está siendo investigado por un equipo forense, para confirmar mediante la autopsia del mismo, la identidad de la víctima y las causas de la muerte.

¡Dios mío! Si era el cuerpo de Wayra el que habían encontrado, el asesino podía saber dónde se encontraban Newen y Nereida. Debía darme prisa en llegar hasta ellas. Esperaba que Roc estuviera con las dos, ya que Vincent, por algún motivo no había cumplido su palabra, dejándolas solas para perder la vida poco después.

Caminaba lo más rápido que podía. No podría soportar perder a Newen, no ahora. Si su marido ya no vivía, ¿quién era el asesino? y ¿Por qué habían matado a Wayra, o es que se había suicidado? Dudaba mucho de que hubiera sufrido un accidente, por supuesto recordaba que no era una experta escaladora, pero tampoco era tan torpe como para tener un accidente fatídico.

Ya en las afueras de Tetrasco, pensaba en cómo dar esa terrible noticia a Newen y Nereida. Las chicas habían estado muy unidas, y la muerte de Wayra sería un duro golpe. Eso siempre que aún las encontrase con vida. No, no debía pensar en lo peor, ellas estaban a salvo. Además tenía que ser más positivo, era posible que el cadáver que habían encontrado en el rio no fuese de Wayra.

Deseaba pensar que aquella mujer se le parecía, pero que no era ella. Recordaba su coraje, su manera de enfrentar la vida, era un gran ejemplo para todos. ¿Por qué ella? y ¿por qué se había marchado? Seguía sin tener respuestas, y las preguntas se almacenaban amontonadas en mi mente.

Tan solo me quedaba la última cuesta, debía prepararme para parecer sereno y no alarmarlas. Había desaparecido todo un día, y los acontecimientos habían cambiado todo el panorama. Me había manchado las manos de sangre ¿cómo podía decirle a Newen que compartiese su vida con un asesino? Todo se había complicado.

Newen estaba sola en la cueva. En cuanto me vio, todo su semblante se iluminó. Era gratificante esa reacción, me acerqué a ella y la besé. Pregunté por Nereida:

— ¿Dónde está la novia eterna?

— En el rio, con Roc.

— Bien, tenemos que hablar. La verdad no sé por dónde empezar.

— ¿Qué ocurre? ¿Te veo preocupado?

— Es… es Bruno. Mi hermano ha muerto.

— Lo siento ¡oh, debes estar muy dolido por su pérdida!

— Si, pero hay mucho más: él mató a todos nuestros amigos. Es una pesadilla, supongo que debía ejecutar las órdenes de tu marido, que también está muerto. Todo es como una enredadera, no consigo entender nada. Vincent, mi querido amigo, también ha muerto, y…

— ¿Vincent ha muerto? Vaya, eso no me lo esperaba.

— Abrázame, estoy tan desolado que no sé qué haría sin ti.

— Tranquilo, ya ha pasado todo, y estamos juntos.

— Pero es que hay mucho más: han encontrado un cadáver, y sospechan que es Wayra. Y yo he cometido un asesinato… Lo siento, no sé qué me pasó, pero no pude contenerme al saber que fue el artífice para que mataran a mi hermano. Le maté a sangre fría.

— Has sufrido mucho, amor mío, te prometo que las cosas van a ir bien a partir de ahora.

— ¿Cómo puedes decir eso? Me he convertido en un asesino, no puedo ofrecerte nada, soy un paria sin futuro.

— Cariño, escucha, nadie sabe qué has asesinado a Cratzzo, solo nosotros dos, y podemos empezar una nueva vida.

— Yo no te he dicho a quién… ¿Cómo sabes que he matado a Cratzzo?

— Está bien, pongamos las cartas sobre la mesa. Además, si vamos a tener esta relación, será mejor que las cosas sean claras entre los dos. Tus compañeros han muerto porque eran peones de ajedrez. Necesitaba que las sospechas recayeran en mi difunto marido, y para ello contraté al mejor de los mercenarios.

— ¿Fuiste tú? ¿Mataste a todos? Pero… ¿Por qué? ¿Cómo pudiste? ¿Cómo lo hiciste? No puedo creerlo.

— Deberías saber que tu hermano era muy bueno en su trabajo ¡Oh sí! pero un tanto avaricioso, y cuando quiso extorsionarme, tuve que tomar una determinación, y ahí entró Cratzzo. Si mataba a Oswald mientras tu hermano era su guardaespaldas, quedaba como sospechoso, y me libraba de él cuando la policía le diera caza. Como comprenderás, Bruno era un mal bicho. Pero no le maté por ser tu hermano.

— Pero hiciste que lo mataran.

— No, más bien fue un terrible accidente por parte de Cratzzo, al no ejecutar limpiamente su trabajo

— No lo entiendo, ¿Cómo contrataste a Cratzzo?

— A Cratzzo le contraté mediante mi padrino ¿aún no has hecho los deberes? Liberto Korinna es mi padrino, y por ello, mi fallecido esposo se casó conmigo. Ellos eran muy amigos, tanto que su ahijada debía estar bien ligada al clan ¿Lo entiendes? En cuanto a Wayra, me temo que sí, el cuerpo que han encontrado es el suyo.

— ¿Pero por qué?

— Por dinero y poder. Es sencillo ¿no?

— ¿Qué mal podía hacerte Wayra?

— Wang tiene mucho poder, pero está muy enfermo, y no va a durar mucho. Su hijita tenía que ser eliminada, y su bastardo también. Fue sencillo, mientras estaba embarazada, unas pequeñas dosis de veneno le provocaban arcadas, eliminando la vida de su engendro, y una vez el pequeño ya no era una amenaza, tenía que librarme de ella.

— Dios… mataste a Circe… y a todos… Ellos nada te habían hecho.

— Sacrificarlos era un mal menor, piénsalo, debía seguir con la trama, mi buen informador, Roc, fue de gran ayuda. Con Circe fue fácil, era una hambrienta, y además tenía buena relación con una vieja conocida mía, que regenta un burdel. Solo tuve que enviar los manjares con cierta dosis de veneno, un poco mayor a las que hice ingerir a Wayra.

— Utilizaste a Lua, la conocías del burdel, fuiste prostituta.

— Sí, lo fui, y muy buena, aunque claro que solo trabajé en un círculo muy selecto y exclusivo. Fueron buenos tiempos, te lo aseguro, me hice de oro. Destino siempre será una leyenda.

— Gea, Capitán Loco… ¿qué mal representaban para ti?

— Vayamos por partes: Gea sabía más de lo que me convenía que llegaras a saber, pero míralo de una manera positiva, murió de un disparo certero, sin sufrimiento, y Capitán Loco, bueno… si le proporcionaba información inconexa a Vincent, este empezaría a atar cabos sueltos, y no me convenía. Por cierto, me gustó darle un toque personal, las cartas del tarot y el dedo marcando la C, para que pensaseis en Cartwright. Si no recuerdo mal, al Tuerto le metí miedo en el cuerpo tras el incendio de su furgoneta, si él no hubiera involucrado a Vincent, quizá…

— Pero no le mataste.

— No hizo falta, tras el accidente parecía estar calmadito. Además, me vino perfecto que le salvaras, necesitaba que tuvieras algún aliado. Pero si te soy sincera, si hubiera vuelto a meter las narices donde no debía, le habría eliminado.

— ¿Y a Vincent, por qué?

— ¡Ah no! Lo siento, a mí no me cargues su muerte. Precisamente a mí me convenía tener a Vincent, yo no lo he matado, pero es fácil adivinar quién ha sido.

— ¿Quién le mató?

— Tu buen amigo era un notable periodista, indagaba y conseguía información. Si mis fuentes no se equivocan, tenía relación con un caballero distinguido, que suele blanquear grandes cantidades de dinero: el Sr. Fungus, con quién yo tengo tratos. El caso es que Vincent sabía muchas cosas de su ex suegro ¿se dice así? Y al romper la relación con su hija, Fungus se vio contra la espada y la pared. Vincent era un hombre de honor, de los que cuesta comprar, así que me es fácil adivinar quién lo eliminó.

— ¿Y ahora que? si me has contado todo esto... ¿es porque piensas matarme?

— ¡Oh no! Vaya, no es mi intención. Tú has sido mi pieza angular, mi fiel alfil. Además, eso depende de ti.

— ¿Qué quieres decir?

— Yo había pensado que nuestra asociación continuara: podrías trabajar para mí. Tengo un gran imperio que regentar junto a mi padrino, y por si fuera poco, de tanto en tanto obtendrías mis favores ¿Te apuntas?

— ¿Porque iba a apuntarme? Has matado a todos, eres despreciable.

— Creo que debes pensarlo bien, tú no tienes manera de demostrar nada de lo que te he contado, sin embargo, yo puedo dictar tu sentencia de muerte. Además... estoy en deuda contigo.

— No me debes nada, ¿que podrías deberme?

— Has realizado un trabajo para mí: me has librado del inepto de Cratzzo. Una labor bien ejecutada debería ser recompensada. Es perfecto.

— Nos has utilizado como a marionetas.

— Digamos que… habéis sido títeres del Destino, querido.

Quedé abatido, no tenía ni palabras ni fuerzas para soportar aquel dolor que me estrujaba el alma. Me dejé caer, arrodillándome, aquella era la peor de mis pesadillas. Me había enamorado de una despreciable y fría asesina. Pensé en aquella frase que Lua me había dicho sobre la validez de las primeras impresiones. Por mi cabeza pasaron aquellos recuerdos primerizos sobre Newen, fría, sin alma. No me había equivocado, así era, una bruja a quien no le importaba nadie, tan solo el poder. Newen me acarició el cabello, y me hizo sentir como a un perrito faldero, era humillante. Aquella mujer despiadada era el demonio en persona. Con condescendencia, como si supiera que yo era una oveja perdida, me dijo:

— Vamos, no te tortures. En unos años te va a ir tan bien que celebrarás estar en mi equipo.

Estaba claro que ella no tenía ni idea de quién era yo. Podía perdonar muchas cosas, pero la sangre de los inocentes empañaba, con un hedor putrefacto, los cimientos de aquella relación. Sabía que me tenía en sus manos, pero me rebelaba a admitirlo.

— Eres una maldita zorra, no pienso someterme a ti.

— No te queda otra opción, eres débil. Si no lo haces te pudrirás en la cárcel. Puedo conseguir que todos los crímenes recaigan sobre ti, o siendo magnánima, puedo hacer que te eliminen. ¡Vamos! mírate, eres una sombra, un pobre desperdicio que no sirve para nada. Pero hay algo en ti que me divierte. No sé, debe ser tu inocencia.

— ¿Eso crees? Sabes, la única pobre aquí eres tú. No has amado jamás, no sabes lo que vale tener a alguien.

— No dramatices, cariño. Tengo a Nereida totalmente controlada, también a su futuro marido, y a casi todo este país. No necesito más.

— Me das asco.

Una reacción inesperada de Newen me mostró su vulnerabilidad. En un arrebato, intento asfixiarme, haciéndome sangrar al clavar sus uñas en mi piel. Me revolví, la tiré al suelo, y con mis manos en su cuello, sentí el poder. Ahora era yo quien decidía sobre su vida, tan solo necesitaba apretar su frágil cuello.

Newen se defendía, arañando mi cara para deshacerse de mí, pero no la solté. El deseo de acabar con aquella víbora era mayor que mi lucidez sobre lo que esa muerte supondría para mí. No deseaba acabar rápidamente con ella, la mantenía en un estado de ahogo intermitente e interminable, era una manera de vengar todas las vidas que ella había sesgado. Nivelando la presión de mis manos, conseguía hacerla sufrir, era un deleite. Sus ojos reflejaban odio y miedo a partes iguales.

Por un momento la solté, quería saber que sentía. Tras unos segundos de tos, y sin que me diera tiempo a preguntar, Newen me escupió con desprecio, y me auguró una muerte lenta y agónica. De nada había servido demostrarle que su vida era efímera. Intentó levantarse, pero apoyé todo mi cuerpo encima del suyo, y agarrando sus manos, la besé en los labios. Ella, como un animal herido y humillado, me mordió el labio tan fuerte, que me quedó paralizado por el dolor. Tenía inmovilizados sus brazos con una sola mano, así que con la otra, esta vez sin medir la fuerza, apreté su cuello con el deseo de hacerlo añicos. En esta ocasión no me deleité haciéndola sufrir, pero no la solté hasta que estuve seguro de que lo último que habían contemplado sus ojos era mi rostro.

Su cara estaba pálida, sin vida. Me quedé unos segundos observando su belleza. Mientras la miraba, pensé cual debía ser mi próximo movimiento. Quizá, debía ajusticiar a Roc, por haber hecho de espía, traicionando mi confianza, pero no tenía ni idea de si se había visto forzado a ello. La mala gente abundaba, y aunque lo intentase, no podrá acabar con todos.

Me alejé de allí, necesitaba pensar con claridad. Solo había un lugar dónde podía encontrarme seguro para aclarar mis ideas: El Mádelen.

Sabía que mi vida estaba en peligro, pero necesitaba pensar, y comprender todo lo sucedido. Al llegar al Mádelen, el guardaespaldas me reconoció y me hizo pasar a una sala. Esperé unos minutos, hasta que Lua, vestida de gala, entró en la sala.

— No es buen momento, Malcom.

— Lo siento, pensé que podría… hablar contigo.

— Hay personas ahora aquí que prefiero que no sepan de ti.

— Me voy, no quiero molestarte.

— No, espera ¿Ves esa puerta? Es un pasadizo secreto que da a mi despacho. Espérame allí, nadie te molestará. La puerta está cerrada, y solo yo tengo la llave.

Seguí sus instrucciones y llegué al despacho. Me quedé varias horas pensando en la estupidez de haberme presentado allí. Lua no podía hacer nada por mí, su mundo estaba coronado por la cumbre de la chusma, y ese era su modo de sobrevivir. Por fin la puerta se abrió, y Lua entró con urgencia.

— Debes marcharte.

— Pero necesitaba explicarte…

— Lo sé, ahora mismo todo el mundo lo sabe. Has asesinado a Newen.

— ¿Cómo lo sabes?

— Las noticias van más rápido de lo que uno desea. Los hombres que han estado aquí eran del clan de Korinna. Tu vida corre peligro.

— Te he metido en un lío, ¿verdad?

— No, cielo. Pero debes marcharte para que eso no ocurra. Toma, este dinero te ayudará a salir del país y vivir por algún tiempo.

— No, no he venido a sonsacarte dinero.

— Lo sé. ¡Oh Malcom! Siento que las circunstancias no hayan sido propicias.

Se acercó a mí y me besó en la mejilla, luego desapareció por donde había entrado. Casi al mismo instante, el guarda apareció por la puerta, y con urgencia, me dijo que debíamos darnos prisa. Un coche estaba esperando en la entrada del Madelen, subimos ambos a él, y mientras conducía hacia el aeropuerto, comprendí que esa era la última vez que contemplaba Tetrasco y Aquiracia.

Otros Títulos del autor

Cincelando Senderos. *Género: Relatos, Cuentos cortos.*

¿Quieres saber cómo una mujer se da muerte a si misma, si sigue viva?,¿Es posible vivir una experiencia antes de que suceda?,¿Puede un hombre blanco ser el chamán de un pueblo?, ignorando tu vida ¿Es posible que un ente se apodere de la misma?, ¿Podemos convertirnos en otro ser vivo tras la muerte?, ¿Es posible cambiar los chismorreos de todo un pueblo?, ¿Los héroes siempre buscan la fama?, ¿Ser un héroe puede ser nefasto?, ¿Los deseos se cumplen tras morir?, ¿Puede acabar bien una celebración navideña?, Tras un crimen perpetrado en un pueblo pequeño ¿llegará a descubrirse al asesino si todos parecen culpables?, ¿Puede un hombre olvidar sus sueños?, ¿Como un adolescente consigue hacer el mayor descubrimiento para el futuro?, Todas estas preguntas te son desveladas en estos catorce relatos:

MUERTE PSICOLÓGICA Y PROFESIONAL. PARAMNESIA O DÉJÀ VU SOBRE UN ESPEJO. MEMORIA DE UN PUEBLO EXTINTO. EL BOCETO. LA CASA DE LOS MOLINILLOS DE VIENTO. ESTACIÓN DE LLUVIAS. LA DAMA DE NOCHE Y EL APRENDIZ. UN MUNDO DE BURBUJAS. "DON" AGUA. EL ARCO IRIS DE IRENE. UNA COMIDA ESPECIAL. UN CRIMEN ABSURDO. EL COLUMNISTA. AVENTURA EN EL POLO NORTE.

Armel, aventuras de un bretón. *Género: Romántico Erótico.*

Armel, un panadero de Lorient pasa su tiempo entre sus creaciones y la mujer de su jefe, Sophie Blanchard. Para Sophie es una aventura donde ella puede controlar a su presa, pero en escena se presenta una joven asturiana de quien Armel caerá totalmente enamorado, Constanza. Entre Armel y Constanza parece crecer un idilio, pero ella solo pasará unos días en Lorient por su trabajo, y Armel juega una maratón contra reloj para poder estar con ella. La relación se complica debido a los celos de Sophie. Un giro inesperado tras perder a Constanza le lleva a Japón como heredero único de dos empresas punteras y en auge de Fabien Montreau, un primo desconocido para Armel. En Japón se encontrará con la joven y seductora Lee Bartain, con quién aprenderá las artes del sexo más exquisito, pero para Lee el sexo es solo una expresión primitiva y un acuerdo sin presiones. Las sospechas de Lee sobre el asesinato de Fabien tienen base sólida y solo recurriendo a Armel podrán encarcelar al asesino.

Asuntos Turbios. *Género: Intriga Urbano*

En una sociedad crispada por las subidas energéticas y los cortes hidroeléctricos donde las rebeliones en distintos países anuncian una guerra inminente, Neil Bosch un joven becario de Rightenergy, empresa de energías renovables, nos narra cómo su vida se ve trastocada tras la visita de su desconocida prima. Virginia Taylor, su prima, descubre un colector de aguas insalubres en Rightenergy. En su empeño por comprender que oculta, involucra a varios amigos de Neil en sus indagaciones. Tras conseguir un documento encriptado, y descubrir la detención de un colaborador, aparece un apuesto caballero fundador de Rightenergy de quien caerá enamorada, siguiendo a su corazón se verá en peligro por el acecho de un sicario. Los acontecimientos posteriores en los que todos se verán involucrados conducirán a una trama de corrupción.

Retazos de un pasado. *Género: Monólogos, micro relatos, y poemas.*

Compendio de microrrelatos poemas y monólogos que lograron escapar de un baúl oxidado y tras ponerse de acuerdo, decidieron unirse en un solo libro. Pero !Ojo!, no es un libro apto para aquellos que jamás se detuvieron a observar el recorrido de una hormiga, ni el vuelo de una mariposa.

www.ingramcontent.com/pod-product-compliance
Lightning Source LLC
Chambersburg PA
CBHW021218260626
47172CB00002B/484